李白集

〔唐〕李白 著
张一南 编校

山東文藝出版社

根据乾隆刊本王琦注《李太白文集》精选整理

目录

李白小传——谪入盛唐的仙人

李白大概是中国知名度最高的诗人了。提起李白，我们就会想到一个“仙”字。李白被叫作“诗仙”，不仅仅是因为他诗写得好，在我看来，也不仅仅是因为他修过道，而是因为他这个人就很“仙”。在一般人眼中，李白的一生行迹飘忽神秘，他的人生选择也显得不好理解，就像是不食人间烟火的神仙一样。

那么，神仙又是什么样呢？我们知道，世界上是没有神仙的，可我们的脑子里，分明有一个神仙的模样。神仙都是宽袍大袖，自在逍遥，想干什么就可以干什么，不想干什么就可以不干什么，从来不把世俗的功名利禄放在眼里。这个神仙的形象是从哪里来的呢？神仙形象其实是夸张了的士族形象，特别是汉魏六朝的士族形象。

李白这个人，就像是从神仙世界穿越来的一样。这个神仙世界不在别处，就在唐朝之前不久的汉魏六朝。李白之所以像神仙，就因为他像一个汉魏六朝的士人。盛唐已经是那个神仙时代的尾声了，一个更为平民化的时代正在拉开序幕。比起之前的朝代，盛唐已经发生了很多深刻的变革，那种神仙一样的士人已经很少见了，李白其实就是那个时代在盛唐的孑遗。

别看李白写起诗来很奔放，其实他骨子里是一个保守的人。李白仍旧很努力地按照神仙时代的写法写诗，也按照神仙时代的做法作诗，这使得他与身边的盛唐显得格格不入，倒像是从汉魏六朝“反穿”过来的。

李白固守着前代的观念，不肯承认变化了的规则，注定要处处碰壁。这种宿命般的困境使得他像是被贬谪到这个世界上来的，所以，李白又被叫作“谪仙”。尽管他被贬的时空是令很多人艳羡的盛唐，但这个流放地并未让李白觉得有多么惬意。

家世与童年

李白姓李，这个在今天看来平淡无奇的姓氏，放在唐代，难免引起人们的种种猜测。

在中古时代，一个人出身于高门大姓，就像今天的人毕业于名牌大学一样，绝不是一件无关紧要的事。唐代最为人看重的李氏家族，一个是赵郡李氏，一个是陇西李氏。赵郡李氏在战国时代出过名将李牧，陇西李氏在汉朝出过名将李广，都是古老而显赫的家族。就连唐代的皇族也想沾高门大姓的光，仗着祖先曾在陇西活动，自称陇西李氏。在唐人的观念里，与其说皇帝是陇西李氏的光荣，不如说陇西李氏是皇帝的光荣。陇西李氏是一个庞大的家族，属于陇西李氏的人并不一定是皇族，但这个门第是连皇帝都要争取的。

陇西李氏是如此荣耀，所以陇西李氏的后人即使不再在陇西生活，也舍不得不自称为“陇西李氏”。而生活在陇西的姓李的人，却并不一定算是“陇西李氏”。

李白早年一直在四川活动，但他言及自己的故乡时，会提到“陇西”。那么，究竟是他出身于陇西李氏，还是他的父祖曾经在陇西活动呢？这一点无可查考了，因为他的父祖都是名不见经传的普通人。只能说，这两种可能性都是存在的，而且都足以引起今人的无限遐想。

如果李白是陇西李氏，也许有人会想，他是不是皇族呢？如果是，为什么他的父祖如此默默无闻呢？于是脑补出惊心动魄的政治斗争。事实上，李白很可能是陇西李氏，但不大可能与皇族有什么关系。

如果李白的父祖曾在陇西活动，则可以开另一个方向的脑洞。因为陇西以西还是西边，那么就可能是西域。李白一辈子写了很多西域风物，那就更可以跟西域扯上关系了。而西域的范围又很大，今天新疆以西属于外国的很多地方，在当时都是大唐的领土，比如现在吉尔吉斯斯坦的托克马克城西南，当时就属于大唐的碎叶城。

古人对这个方向的脑洞并不太感兴趣，一直简简单单说李白就是“蜀人”，直到近现代，李白出生于碎叶城的说法才流行起来。学者做这样的研究自有其依据，而大众对这样的说法感兴趣，则多半是因为生于西域突然成了一件“洋气”的事，好像李白出生于西域，就会显得他的诗更好一点了。大家尽可以想象，李白的母系血统来自西域胡人，甚至会感觉，李白在西域生活了很长时间，深受西域文化影响。

但很遗憾，李白在回忆自己童年的时候，从未提到西域，相反，他提到了自己很小就在四川活动。即使李白是从西域来到四川的，这趟行程也肯定发生在他五岁以前。且不说在当时的交通条件下，有没有必要带着这么小的孩子从碎叶城跑到蜀中，即使李白小时候有过这段经历，他受到的西域文化影响也会是非常有限的。

有异族血统固然不是什么丢人的事，却也不是什么格外优越的事。对于一位诗人来说，重要的是文化上的归属感，而非肉体的血缘。李白的作品里不乏西域元素，但包含西域元素的作品，往往并非早年创作，而是他到中原游历特别是到过长安之后创作的。李白诗中的西域元素只能说明，盛唐都市文化对西域文化的包容、吸收达到了相当高的程度。李白接受西域文化的影响，恐怕更多还是来自他成年后在中原的见闻，而非幼年时在西域的经历。

这就好比说，我们今天的流行音乐，从各个层面大量吸纳了日本元素，所以一位网络歌曲的写手，可能在作品中加入各种各样的日本元素，但这仅仅是中国当下时尚的表现，完全不能说明这位写手到过日本，更不能说明他是日本人。即使这位写手出生于日本、在日本长到五岁，也不见得跟他写的歌有关系。李白也是如此，他是否出生于西域、是否有胡人血统，都对他的创作没有什么影响，我们还是更应该从宏观上关注西域文化对盛唐文化的影响。

事实上，李白从年少时便深受汉文化的浸润。他熟读儒家经典，又深深钦佩战国游士、汉代士人的功业；他虔诚地把当时士人的文学教材《昭明文选》拟写了三遍；他还深入学习道家文化，后来成为受箓的道士。无论血统如何，能把汉文化学到这个深度，都毫无疑问是汉人中的汉人了。

李白的家庭很平凡，可能几代都没有当官的。关于他的家庭，留下的唯一信息是他父亲叫“李客”。有人觉得，“客”不像是一个人的名字，怀疑是人们对异乡人的称呼，进而怀疑他父亲是西域的胡商。其实，中古是有人叫“客”的。李白的偶像之一，贵族诗人谢灵运，小名就叫“客儿”。这个名字的意思是，他小时候因为某些迷信的原因，被寄养出去了。李白父亲的这个“客”字，不知是否出于同样的迷信传统。又或者，李白的爷爷就是谢灵运的“粉丝”，才给儿子取了这样的名字。如果真是这样，那李白家也算是书香门第了。

李白写诗从不避讳“客”字，这一点可以成为我们怀疑他父亲不叫“客”的充分理由。不过，古代也有“临文不讳”的说法，李白写到“客”的作品，大多是乐府诗，或许顾不上那么多讲究。何况，就连谢灵运这么讲究的人，写诗也并不避讳他爷爷的名字“玄”呢。

少年游历

李白十五岁的时候就能吟诗作赋，还学了剑术，开始在他目之所及的大人物中间干谒了。十八岁的时候，他隐居在戴天山读书。没有功名的人说隐居，其实就是找个安静的地方住下来，复习功课。在此期间，他仍然没断了和各路江湖朋友往来，据说还曾经“手刃数人”。与此同时，朝廷中的士大夫也开始知道他了。李白二十岁时，就受到了礼部尚书苏颋的称赞。

二十出头的时候，李白在成都、峨眉山、岷山等处游荡、隐居。到了二十五岁，他东出三峡，告别了蜀中的故乡。三十岁之前，他先后在今天的湖南、江苏、浙江等地游历，开启了他“一生好入名山游”的游历生涯。唐人的游历，不只是游山玩水，更是广交朋友、扩展人脉。李白要拜访的人物，包括将来可能提携他的士大夫，与他志同道合、可能互相扶助的诗友，也包括一起修仙学道的道友。

盛唐的科举制度已经比较完备了，按说，当时士人的游历、干谒，都是为科举考试做准备。李白也跟着大家去游历，去干谒，但从来没见他参加科举考试。在盛唐，参加科举，从进士出身，已经成为大家的共识，但察举制、中正制的传统还没最后封口，仍然有大人物直接援引士子的现象。作为一个从汉魏六朝"反穿"过来的仙人，李白大概是不屑于参加科举考试的，在他的观念里，推荐才是发现高端人才的正确方法，而为了当个小小的县尉，去参加"批量生产"一样的考试，去打破头地竞争，是不高贵的，对诗人是一种磨损，也考不出真正的水平。李白在那个时代不参加科举考试，倒也不是什么惊世之举，只是表明他仍然固守着旧的观念，希望通过旧的方式被发现。只不过，他的时代大概真的是过去了——尽管还没走远。直到晚年，李白还不断写诗感叹，没有一个堪称知己的大人物举荐自己。

闲居山野

不过，赏识李白的大人物还是有的。二十七岁的时候，李白来到了安陆，不久之后，他结识了这个地方一位非常重要的乡贤——退休宰相许圉师。许圉师出身名门，安陆就是许家世代经营的地盘。许圉师很赏识李白，把自己的孙女嫁给了他。封建时代的家长挑女婿其实是很谨慎的。退休宰相家可能不需要女婿飞黄腾达，但肯定需要这女婿是他们看得上的年轻人，要有才华，要有士族清贵的气度；可能不需要攀高枝，甚至希望找个低一点的人家让女儿舒服一点，但绝不会低出一定范围，肯定还是要找来历清楚的士族子弟的。大佬肯让一个人做女婿，几乎是对这个年轻人最高的肯定了，绝不可能凭一个小混混嘴甜一点，就搞定宰相的孙女。由此可见，李白虽然为人狂放，但举止风度还是符合士族的审美要求的；李白的家庭虽然普通，但仍极有可能是正牌的士族门第。

对这一次婚姻，李白是极为满意的。许氏是大家闺秀，想必知书达礼，她的娘家也势必从各方面对李白多有帮助。李白的很多诗作都表现出对许氏夫人的浓浓爱意。

与许氏结婚后，李白就在安陆安顿下来。其间，他时常跑到不远的襄阳去拜会好友，也曾短暂地去往洛阳、长安求取功名。在暂时离开安陆的日子里，他不断在诗中向许氏诉说离别的相思。更多的时候，李白则待在安陆的家里，伴着远离尘嚣的青山绿水，也伴着他的爱妻。

这段时间，李白仍然没有获取功名或官位。见过大世面的许家大概并没有催促他，反而为他提供了衣食住行方面的充分保障。此时与李白来往的朋友大多隐居在襄阳，而襄阳是一个有着隐逸传统的地方，襄阳友人顺其自然的生活态度大概也影响了李白。

安定的生活，闲暇的时光，加上淡淡的放逐感，最适合作诗了。隐居安陆期间，李白的诗歌创作有了全面的发展，无论是出于《文选》的五古、源于鲍照的歌行，还是来自宫体的五律，在他笔下都获得了新生，产生了经典的作品。

这一阶段，李白的成就以继承为主，几乎是全面清点了汉魏以来的文学遗产。作为从古代穿越来的仙人，李白还是在用旧的方法作诗，只不过，他几乎掌握了所有旧的方法，并且给所有的旧方法安排了最合理的组合。我们看到的李白那些仿佛从天上掉下来的美妙诗句，其实在汉魏六朝都有来处，李白的神仙手笔可以点铁成金，甚至点石成金。

李白四十岁的时候，带着一双儿女离开安陆，举家迁至东鲁的兖州。为什么要去兖州呢？似乎是去投靠李氏宗亲。兖州属于唐代的山东地区，这么一来，又提示了一个可能性：李白会不会是山东士族呢？

事实上，身为关中士族的杜甫也曾经恭维过李白是“山东旧族”。如果是山东士族，那么首先要想到的就是赵郡李氏。如果李白是赵郡李氏，那么他就与陇西李氏无关，而只是父祖曾在陇西活动了。

实际上，情况还要更复杂一些。在唐代，“山东旧族”是最高的身份，因此也就成了恭维人的套话。相比之下，关陇士族因为与核心政治集团纠缠不清，在文人心目中反而显得不像"山东旧族"那么高级了。在今天可见的唐代文献中，确实出现过将陇西李氏甚至皇族宗室尊称为"山东旧族"的现象，例如身为闲散宗室的李商隐，就曾在墓志铭中称自己的叔父为"山东旧族"。另外，陇西李氏也有一支在北朝就已迁居山东，也应该算是"山东旧族"。所以，仅凭一个"山东旧族"，是不足以断定李白属于赵郡李氏的。

但无论如何，李白在兖州是有亲戚的，他后来也在兖州住了很长时间，那里成为他后半生活动的大本营。山东地区文化发达，更方便李白与诗友交往，山东的诗学文化对李白的后期创作有着深刻的影响。

换了一个环境，李白仍然是隐居山野，作诗、交友，没有出来考试做官。许氏过世后，李白与一位出身寒微的刘姓女子在一起了。据说，刘氏的身份介乎妻妾之间，李白和她不算是正式结婚，只是搭伙过日子。

刘氏就没有许氏那么理解李白了。也许，她嫁给李白，就是看上他是著名诗人，想象着跟着他可以尽享荣华富贵，一旦发现李白并不能提供世俗的好处，她就难免会对李白有种种埋怨。对于一位诗人来说，这简直是致命的伤害。这几年，李白过得很不顺心。

伴驾长安

四十二岁的时候，李白突然时来运转了。唐玄宗召李白入长安，充任翰林供奉。无论是根据士族的价值观，还是从世俗的视角看，这都是极大的荣耀，而且还是通过李白最满意的方式。李白这一下可扬眉吐气了，可以狠狠打那些看不起他的俗人的脸了。

翰林向来是中国最精英的知识分子的标志性身份。翰林也有很多等级，但一旦入选翰林，就归入了一个特殊的群体，兼具官方地位与文化地位。在后来平民化了的社会里，翰林仍然享有特别的尊重，是最接近从前贵族社会的“活神仙”。这个职位，一定是李白想要的。翰林供奉是李白一生中做过的最具尊荣的官，所以他也会被称为“李翰林”。

然而，偏偏在玄宗朝的这几年，翰林是不值钱的。玄宗给的这个“翰林供奉”，是一把一把往外撒着给的，稍微有一点才能的人，哪怕是民间艺人，唱歌好一点，都有可能被玄宗封为“翰林供奉”。李白的这个“翰林供奉”，也不过是玄宗大把撒出去的众多“翰林供奉”中的一个而已。

按照传统，翰林是皇帝的智囊团，升迁快，有机会接近皇帝，高级的翰林是对政治有一定影响力的。李白进京的时候，一定以为自己是这样的翰林，所以十分激动。没想到，唐玄宗召他进京只是看上他文笔好，想让他跟在自己身边写歌词。

在长安的时候，李白什么也没干，净写歌词了。比如唐玄宗带着杨贵妃赏芍药花的时候，觉得周围乐工唱的歌词太旧了，就把李白叫过来，按着曲调重新填词。李白当然不能让皇上和贵妃等太久，就像抢命一样写了三段《清平调词》。这样实战性很强的服务经历，倒也不失为一种很好的锻炼。

李白在长安写过各种形式的宫词、乐府。他写过像齐梁宫体诗一样的五律体《宫中行乐词》，写过齐梁式的艳丽歌行，也写过配合燕乐演唱的七言绝句。李白甚至写过词，就是后来宋朝流行的那种词。李白使用的词牌，我们今天还在用，他也就成为有案可查的最早的词人。李白写的这些，哪些能唱，哪些不能唱，今天已经难以考证了。能唱的，就是可以用来谋营生计的，或者为皇帝服务，或者卖给乐工赚钱；不能唱的，就是不卖钱的，只是模仿歌词的语言风格。这段写歌词的经历，对李白的诗学生命也是一种丰富。

看起来，这时候李白整天随王伴驾，但实际上他是毫无政治影响力的。皇帝怎么可能让一个写歌词的议论朝政呢？往深了说，这时候的大唐早已是承平之世，治理乱世和治理盛世是不一样的。治乱世，讲究“兵以诈立”，要讲法规，也要讲权术，要用法家和纵横家那一套；治盛世，则轮到孔孟之道上场了。唐玄宗和汉武帝很像，都是赶上了盛世的帝王，都是要重新抬高儒家地位的。这时候，唐玄宗简直是千金买骨，别说真儒学，就是假儒学也要用。天下的读书人，有会望风的，早早就开始复古崇儒了，而李白这次又没赶上趟，他在四川老家学的，还是旧的一套。李白还嘲笑过那些假儒学，没想到，那些看似迂腐的，其实才是时髦的，反而是他这谪仙人过时了。太平盛世，李白这样一个游士一般的人，哪还有用武之地呢？何况，崇尚儒学，就要看学历，崇尚进士出身。李白始终不肯去考一个进士，因此也不是玄宗想用的人。李白一度以为唐玄宗要重用自己，实在是想多了。有人猜测，李白始终没有得到玄宗重用，是不是因为他个性太强，得罪人了？这也是想多了，玄宗从来就没打算过重用李白。

这样的生活，不是李白想要的。时间长了，李白就开始觉得孤独，开始后悔来到长安了。四十四岁的时候，李白向玄宗提出辞职回家。玄宗很爽快地答应了，还送了他一笔“失业补偿金”。于是，李白一边漫游一边往家走，与他在洛阳认识的小老弟杜甫一路分分合合，共同游玩，有了很多切磋诗艺的机会。

离京游历

终于，李白回到了东鲁的家中。这一趟长安之旅，给李白留下了不少遗憾。李白怀念着长安，又怨恨着长安。刚回到东鲁的时候，他仿照齐梁歌行描写男女情爱的口吻，写下了对长安的复杂感情。

在唐代，山东是复古运动的大本营，也是古体诗的大本营。李白待在东鲁，也受到当地诗学文化的影响，投入到盛唐的复古运动当中，成为其中一面耀眼的旗帜。在离京后蛰居东鲁的一两年内，李白的诗风转向复古，又创作了不少经典名篇。

李白是闲不住的人，看看没有希望进入朝廷，他决定把余生都花在游历上。就这样，他离开东鲁，再次出发，前往浙东，到他偶像谢灵运的故地打卡，出行前写下了《梦游天姥吟留别》，留给东鲁的好友。从越州出来，他北上游历了苏州、扬州、金陵等地，最后回到兖州。

之后，李白过着时而隐居时而游历的生活，不时到中原去寻找他的好友元丹丘。他的孩子们则留在兖州，李白偶尔也会想起他们，为他们写下诗作。至于那个与他没有感情的刘氏，他却没有再提及。也许，在某个时刻，她已经离开了。

五十二岁的时候，李白再婚了，娶了另一位退休宰相宗楚客的孙女。看来，直到这时候，李白在名门闺秀中间仍然是有市场的。毕竟，唐代是看重诗歌的时代，而李白是最好的诗人。与宗氏结婚后，李白继续在山东地区游历。

五十三岁的时候，李白前往宣城，去寻觅他另一位偶像谢朓的足迹。之后，他又去了古都金陵，去感受无数六朝人物生活过的地方，本来，李白也应该是他们中的一员。

离开长安之后十多年的游历生涯，极大地满足了李白对自然山水的向往，也帮他立稳了“谪仙人”的人设。这次的游历，不再有少年时代的功利目的，而完全成了人生失意后的排遣。这样的人生经历，将他和谢灵运这样的山水诗人拉得更近了。李白带着彻底放逐的心情，将一路的奇山胜水写进诗里，又成就了许多经典的作品。

安史之乱

李白五十六岁的时候，安史之乱爆发了。腊月，李白加入了永王李璘的阵营。

从事后诸葛亮的角度来看，李白的这个举动真是太不明智了。李璘并非皇位的合法继承人，此时站在新皇帝的对立面，他的队伍就是叛军，毫无道义可言。

然而，从此前几百年的历史经验来看，李白的选择其实是正常的。在汉魏六朝的纷纷乱世中，从来都是强者为王，从来没人想起什么道义，什么儒家的伦理纲常。一个人只要拥兵造反，就有可能成为新的皇帝、新的历史书写者。即使到了隋唐这样的大一统时代，直到安史之乱以前，皇位也从来没有真正实行过嫡长子继承制。最典型的例子，比如隋朝的杨广和唐朝的李世民，他们本来都不是太子，只是手握兵权、立过战功的皇子，一旦时机成熟，他们就可以面无愧色地越过太子，坐上皇位。在李白之前的时代，这样的例子甚至可能是被人们津津乐道的。如果按照之前几百年的统计数据，手握兵权的亲王当皇帝的概率比太子大得多，因此一直仿佛生活在古代的李白，按照古代的经验判断，把宝押在永王身上，就显得很自然了。

可惜，世道是真的变了，唐肃宗偏偏是几百年来第一个做了很久太子之后还坐稳了皇位的。这一把急转弯，又把历史惯性的代言人李白狠狠地甩了出去。很快，李璘的叛军被剿灭，李白作为追随者，被流放夜郎。唐肃宗的江山则越坐越稳，再也没人会想起叙用李白。

后来，李白得到赦免，继续在长江流域游荡，用他最爱的名山之游，打发了人生的最后时光。六十二岁那年，他病死在当涂，埋葬在了他生前留恋的"谢家青山"，与偶像谢朓的故地遥遥相望。

李白是伟大的浪漫主义诗人。时至今日，批评家们似乎已经不好意思用"浪漫主义"这么"土"的词了，但我仍然觉得，李白是最当得起"浪漫主义"的。所谓浪漫主义，不是指辞藻华丽，或者整天说大话，而是指一种"生活在别处"的写作态度。浪漫主义诗人的灵魂从未生活在当下，而永远生活在逝去的古代，或者遥远的异域，李白无疑是最符合这一特征的。他生于盛唐，却始终像生活在汉魏六朝，一直在按照古人的规则生活、写诗；他生于中原，却始终在歌唱着西域边陲、东海仙境。这需要强大的精神力量，这也是李白的天才之处。这种“生活在别处”的态度也许让他与现实世界一直存在种种冲突，却造就了他那些无可替代的伟大诗篇。谪仙人李白，为即将逝去的神仙时代，献上了最为壮美的挽歌。

少年游历

（三十二岁以前）

李白十五岁的时候就能吟诗作赋，还学了剑术，开始在他目之所及的大人物中间干谒了

初月

此诗创作时间不详，因创作方法中规中矩，不妨视为作者早期风格的代表。

玉蟾[1]离海上，白露湿花时。
云畔风生爪，沙头水浸眉。
乐哉弦管客，愁杀战征儿。
因绝西园[2]赏，临风一咏诗。

---

1. 玉蟾：指月亮。
2. 西园：园林名，在今河北临漳，相传为曹操所建。曹植等人曾在园中游赏，写下“明月澄清景”等诗句。

访戴天山道士不遇

隐居戴天山读书期间访道所作。诗境已颇见山林意趣。

犬吠水声中，桃花带雨浓。
树深时见鹿，溪午[1]不闻钟。
野竹分青霭[2]，飞泉挂碧峰。
无人知所去，愁倚两三松。

1. 午：时值正午。名词活用作形容词。
2. 青霭：指云气。

峨眉山月歌

出蜀之作。多用地名而不觉堆砌，最见特色。浑然天成，有如民歌乐府。

峨眉山月半轮秋，影入平羌[1]江水流。

夜发清溪[2]向三峡，思君不见下渝州[3]。

---

1. 平羌：即青衣江，在四川乐山汇流大渡河。
2. 清溪：指清溪驿，属四川犍为，在峨眉山附近。
3. 渝州：唐代州名，即今重庆。

白纻辞三首 其三

模拟南朝乐府歌行，辞采艳丽，见出少年才子趣味。

吴刀剪彩缝舞衣，明妆丽服夺春晖。
扬眉转袖若雪飞，倾城独立世所稀。
《激楚》《结风》[1]醉忘归，高堂月落烛已微，
玉钗挂缨[2]君莫违。

1. 《激楚》《结风》：皆是演奏节奏急促的歌曲名。
2. 玉钗挂缨：玉钗缠挂在男子冠带上，指歌者与听者十分亲近。

杨叛儿

借用乐府旧题，诗境更为丰富生动、艳丽尖新。

君歌《杨叛儿》[1]，妾劝新丰酒[2]。
何许最关人，乌啼白门[3]柳。
乌啼隐杨花，君醉留妾家。
博山炉[4]中沉香火，双烟一气[5]凌紫霞。

1. 《杨叛儿》：乐府歌名，由童谣歌词中“杨婆儿，共戏来”讹传为“杨叛儿”“杨板儿”“阳叛儿”等名。
2. 新丰酒：原指新丰镇（今属陕西临潼）出产的酒，这里指江南的新丰酒。
3. 白门：南京的别称。六朝都以建康（今南京）为首都，其正南门宣阳门俗称白门，故名。
4. 博山炉：代指名贵的香炉。本为古香炉名，炉盖上的造型如传闻中的海上名山博山。
5. 双烟一气：两股烟袅袅纠缠在一起，比喻男女双方情意和好如一。

长干行[1] 其一

模拟南朝民歌，叙事更加丰富。或是出蜀顺江而下，心有所感而作。

妾发初覆额，折花门前剧。

郎骑竹马来，绕床[2]弄青梅。

同居长干里[3]，两小无嫌猜。

十四为君妇，羞颜未尝开。

低头向暗壁，千唤不一回。

十五始展眉，愿同尘与灰。

常存抱柱信[4]，岂上望夫台。

十六君远行，瞿塘[5]滟(yàn)滪(yù)堆[6]。

五月不可触，猿声天上哀。

门前迟行迹，一一生绿苔。

---

1. 长干行：乐府曲调名。
2. 床：井栏。
3. 长干里：在今南京，当年是舟贩船夫聚居之地。
4. 抱柱信：指相信男子能坚守诺言。典出《庄子·盗跖》："尾生与女子期于梁下，女子不来，水至不去，抱梁柱而死。"
5. 瞿塘：指三峡之首的瞿塘峡。
6. 滟滪堆：瞿塘峡口的巨石，原在今重庆奉节，现已炸除。

苔深不能扫，落叶秋风早。
八月胡蝶来，双飞西园草。
感此伤妾心，坐愁红颜老。
早晚下三巴[1]，预将书报家。
相迎不道远，直至长风沙[2]。

1. 三巴：古地名，巴郡、巴东、巴西的合称，即今四川嘉陵江和綦江流域以东的大部地区。
2. 长风沙：地名，在今安徽安庆的长江边。

对酒

盛唐都市的西域风情。

蒲萄酒，金叵罗[1]，吴姬十五细马[2]驮。

青黛[3]画眉红锦靴，道字不正娇唱歌。

dài mào

玳瑁筵[4]中怀里醉，芙蓉帐[5]底奈君何。

---

1. 叵罗：泛指酒杯，西域语的音译。
2. 细马：小马。
3. 青黛：青黑色的颜料，古代女子常用来画眉。
4. 玳瑁筵：指豪华名贵的宴席。
5. 芙蓉帐：用芙蓉花染缯制成的帐子，泛指华丽的帐子。

lù
渌水曲[1]

模拟吴声歌，是李白有意向前代文学遗产学习的产物，或许也与其青少年时代在金陵古都一带游历的感受有关。

渌水明秋日，南湖[2]采白蘋[3]。

荷花娇欲语，愁杀荡舟人[4]。

1. 渌水曲：古乐府曲名。渌水，清澈的水。
2. 南湖：指洞庭湖。
3. 白蘋：水中浮草。
4. 荡舟人：这里指思念丈夫的女子。荡舟，划船。

秋夕旅怀

羁旅行役之思，模拟《文选》诗体。李白青少年时四处游历、干谒，同时认真学习《文选》的艺术传统。
李白一生都爱月亮，这是因为，六朝的诗人就这么爱月亮。

凉风度秋海，吹我乡思[1]飞。
连山去无际，流水何时归。
目极浮云色，心断明月晖。
芳草歇柔艳[2]，白露催寒衣。
梦长银汉[3]落，觉罢天星稀。
含悲想旧国[4]，泣下谁能挥。

1. 乡思：对故乡的思念。
2. 歇柔艳：不再柔美。
3. 银汉：天河，银河。
4. 旧国：指故乡。

静夜思

大概是你最熟悉的一首诗了，不过，是不是跟你小时候背的不一样？因为你小时候背的是明朝人改编过的版本。
这首诗大概也是李白少年漂泊的时候写的。

床前看月光[1]，疑是地上霜。
举头望山月[2]，低头思故乡。

1. 看月光：也作“明月光”。
2. 望山月：也作“望明月”。

拟古十二首 其一

李白曾经认认真真把《文选》拟了三遍，大概就是在他青少年时代。

这些拟作都看不到了，绝大多数都已佚失，但可能还有少量流传到了今天，只是我们不知道它们是李白拟《文选》的产物。

这一首是模拟《迢迢牵牛星》的，同时可能也寄寓了李白自己少年漂泊的真实感受。

青天何历历[1]，明星如白石。
黄姑[2]与织女，相去不盈尺。
银河无鹊桥，非时将安适。
闺人理纨(wán)素[3]，游子悲行役[4]。
瓶冰知冬寒，霜露欺远客。
客似秋叶飞，飘飖(yáo)[5]不言归。
别后罗带长，愁宽去时衣。
乘月托宵梦，因之寄金徽[6]。

---

1. 历历：清晰的样子。
2. 黄姑：牵牛星，又名“河鼓”。
3. 纨素：洁白精致的细绢。
4. 行役：行旅。
5. 飘飖：此处指漂泊。
6. 金徽：琴上系弦之绳，借指琴。这里喻指闺人对远客的思念之情。

拟古十二首　其二

这首是模拟《西北有高楼》，同时也写自己追求理想的执着和对知音的渴望。

高楼入青天，下有白玉堂[1]。
明月看欲堕，当窗悬清光。
遥夜一美人，罗衣沾秋霜。
含情弄柔瑟，弹作《陌上桑》[2]。
弦声何激烈，风卷绕飞梁[3]。
行人皆踯躅（zhí zhú）[4]，栖鸟起回翔。
但写妾意苦，莫辞此曲伤。
愿逢同心者，飞作紫鸳鸯。

---

1. 白玉堂：比喻富贵人家的宅邸。
2. 《陌上桑》：汉乐府歌曲名。
3. 飞梁：用“余音绕梁”典。
4. 踯躅：徘徊不前进的样子。

拟古十二首 其三

这首是模拟《驱车上东门》，表达人生短暂的感受，想象的奇肆甚至超过汉魏。

长绳难系日，自古共悲辛。
黄金高北斗，不惜买阳春。[1]
石火无留光，[2]还如世中人。
即事已如梦，后来我谁身。
提壶莫辞贫，取酒会四邻。
仙人殊恍惚[3]，未若醉中真。

---

1. “黄金”句：意指即使有高到北斗的黄金储蓄，也不惜用来换取春天的时光，比喻时光难留，人世易逝。
2. 石火无留光：意指人生好像敲击石头迸出的火花一样短暂，不会留下光芒。
3. 恍惚：迷离，难以捉摸。

拟古十二首　其四

模拟《庭中有奇树》，把人间的相思改写成了对神仙世界的向往。

清都[1]绿玉树，灼烁[2]瑶台春。
攀花弄秀色，远赠天仙人。
香风送紫蕊，直到扶桑津[3]。
取掇[4]世上艳，所贵心之珍。
相思传一笑，聊欲示情亲。

---

1. 清都：神话传说中天帝的宫阙。
2. 灼烁：鲜明光彩的样子。
3. 扶桑津：传说中日出的地方，这里泛指仙界。
4. 取掇：拾取。

拟古十二首 其十一

模拟《涉江采芙蓉》，对荷上露珠的描写十分生动。

涉江弄秋水，爱此荷花鲜。

攀荷弄其珠[1]，荡漾不成圆。

佳人彩云里，欲赠隔远天。

相思无由见，怅望凉风前。

1. 弄其珠：玩弄荷叶上的水珠。

秋山寄卫尉张卿及王征君

李白继承了六朝人的清雅趣味。

何以折相赠，白花青桂枝。

月华若夜雪，见此令人思。

虽然剡(shàn)溪兴，不异山阴时。[1]

明发怀二子，空吟招隐诗[2]。

---

1. “虽然”句：意指心中怀有拜访朋友的想法，这里用的是《世说新语·任诞》中“王子猷雪夜访戴”的典故。剡溪，曹娥江的上游，在今浙江嵊州。山阴，今浙江绍兴。

2. 招隐诗：本来指征召隐居者出仕的诗，后来也指招人归隐的诗，这里是后一义。

侠客行

模拟古乐府，这种英雄气概也是李白所向往的。

赵客[1]缦胡缨[2]，吴钩[3]霜雪明。

银鞍照白马，飒沓如流星。

十步杀一人，千里不留行。

事了拂衣去，深藏身与名。

闲过信陵[4]饮，脱剑膝前横。

将炙啖朱亥[5]，持觞劝侯嬴[6]。

三杯吐然诺[7]，五岳倒为轻。

眼花耳热后，意气素霓生。[8]

---

1. 赵客：战国时期燕赵之地（今北京、天津、河北一带）尚武，多侠士，后世就以“赵客”泛指侠士。
2. 缦胡缨：胡人做工粗糙、没有花纹的帽带。
3. 吴钩：泛指刀剑。
4. 信陵：指战国四公子之一的信陵君，他以礼贤下士、门客众多著称。
5. 朱亥：战国时期魏国侠客，隐于屠肆，有勇力。
6. 侯嬴：战国时期魏国侠客，本为魏都大梁东门的门官。
7. 然诺：表示应允。然、诺都是应对之词。
8. 意气素霓生：志向、气概像白虹一样生出来。

救赵挥金锤，邯郸先震惊。[1]

千秋二壮士，烜（xuǎn）赫[2]大梁城[3]。

纵死侠骨香，不惭世上英。

谁能书阁下，白首《太玄经》。[4]

---

1. “救赵”句：指信陵君救赵的故事。秦军围攻赵国都城邯郸，赵国平原君向信陵君求援，信陵君采用侯嬴的计策窃得魏王兵符，又让朱亥锤杀魏将晋鄙，夺得军权后率军解了邯郸之围。

2. 烜赫：声名显赫昭著。

3. 大梁城：战国时魏国的都城，即今河南开封。

4. 白首《太玄经》：指儒生们的事业。《太玄经》，西汉时期扬雄的一部著作。这两句是说，谁能像汉代的儒者扬雄一样，皓首穷经，寂寥无闻呢?

闲居山野

（三十二至四十二岁）

与许氏结婚后，李白就在安陆安顿下来。伴着远离尘嚣的青山绿水，也伴着他的爱妻

少年行 其二

初至长安目睹的繁华。

五陵[1]年少金市[2]东，银鞍白马度春风。

落花踏尽游何处？笑入胡姬[3]酒肆中。

1. 五陵：渭水北岸西汉五个皇帝陵寝所在地，即长陵、安陵、阳陵、茂陵、平陵的合称，在今陕西咸阳，附近是汉代富贵之人的居所。
2. 金市：唐代长安城内西市的别名，也泛指繁华的街市。
3. 胡姬：西域女子。

寄远十二首 其三

描写一个游子对远方爱人的思念。也许李白就是这样思念许氏夫人的。

本作一行书，殷勤道相忆。
一行复一行，满纸情何极。
瑶台有黄鹤，为报青楼人[1]。
朱颜凋落尽，白发一何新。
自知未应还，离居经三春[2]。
桃李今若为[3]，当窗发光彩。
莫使香风飘，留与红芳待。

---

1. 青楼人：指思念的女子。青楼，青漆涂饰的精致楼房。
2. 三春：三个春天，即三年，泛指时间长。
3. 若为：怎样。

寄远十二首 其四

玉箸[1]落春镜，坐愁湖阳水。
闻与阴丽华[2]，风烟接邻里。
青春已复过，白日忽相催。
但恐荷花晚，令人意已摧。
相思不惜梦，日夜向阳台[3]。

1. 玉箸：比喻眼泪如玉之晶莹，如箸之连续。
2. 阴丽华：东汉光武帝刘秀的皇后，以美貌著称。刘秀年轻时曾有“仕宦当作执金吾，娶妻当得阴丽华”的感叹。
3. 阳台：指男女欢会的场所，用的是宋玉《高唐赋》中楚王与巫山神女欢会的典故。

寄远十二首 其七

妾在春陵[1]东，君居汉江岛。
百里望花光，往来成白道[2]。
一为云雨别，此地生秋草。
秋草秋蛾飞，相思愁落晖。
何由一相见，灭烛解罗衣。

1. 春陵：古地名，代指许氏夫人所居的安陆。
2. 白道：大路。

寄远十二首　其九

长短春草绿，缘阶如有情。

卷葹（shī）[1]心独苦，抽却死还生。

睹物知妾意，希君种后庭。

闲时当采掇[2]，念此莫相轻。

---

1. 卷葹：草名，因其拔心不死，所以用来比喻女子爱情的坚贞。
2. 采掇：采摘。

久别离

以歌行形式书写的相思，物象更加细腻，情绪更加奔放。

别来几春未还家。玉窗五见樱桃花。

况有锦字书[1]，开缄[2]使人嗟。

至此肠断彼心绝，云鬟绿鬓罢梳结，

愁如回飙[3]乱白雪。

去年寄书报阳台，今年寄书重相催。

胡为东风为我吹行云，使西来，待来竟不来，落花寂寂委青苔。

1. 锦字书：用前秦苏蕙寄给丈夫织锦回文诗这一典故，这里泛指书信。
2. 开缄：拆开信函。缄，书信。
3. 回飙：旋转的狂风。

君马黄[1]

将古乐府题坐实了，写在外求取功名的艰难。

君马黄，我马白。

马色虽不同，人心本无隔。

共作游冶盘[2]，双行洛阳陌。

长剑既照曜，高冠何赩（xì）赫[3]。

各有千金裘，俱为五侯客[4]。

猛虎落陷阱，壮夫时屈厄。

相知在急难[5]，独好亦何益。

---

1. 君马黄：乐府旧题。这里是借古曲名为题。
2. 游冶盘：游玩娱乐。游冶，出游寻乐。盘，游乐。
3. 赩赫：赤色光耀貌。
4. 五侯客：五侯的门客。五侯，指同时封侯的五人。这里泛指公侯权贵。
5. 急难：解救危难。

春夜洛城闻笛

在洛阳怀念家乡。他的家乡，也许是父母所在的蜀中，也许是妻儿所在的安陆。

谁家玉笛暗飞声，散入春风满洛城[1]。

此夜曲中闻折柳[2]，何人不起故园情。

---

1. 洛城：即洛阳。
2. 折柳：即《折杨柳》曲，汉横吹曲名，内容多叙离愁别恨。

山中问答

李白的七绝多是浪漫的乐府，但也有写现实生活的。
诗中的“碧山”就是李白在安陆的家。青山绿水是“谪仙人”最好的去处了，身边还有理解自己的家人陪伴，何必急着求取功名呢？

问余何意栖碧山，笑而不答心自闲。
桃花流水窅(yǎo)然[1]去，别有天地非人间。

---

1. 窅然：幽远的样子。

山中与幽人[1]对酌[2]

语言看似随意，实则精致。

两人对酌山花开，一杯一杯复一杯。

我醉欲眠卿且去，明朝有意抱琴来。

1. 幽人：幽隐之人，隐士。
2. 对酌：相对饮酒。

夏日山中

懒摇白羽扇，裸袒[1]青林中。

脱巾挂石壁，露顶洒松风。

1. 裸袒：赤身露体。

听蜀僧濬[1]弹琴

在第二故乡，遇到来自家乡的僧人。

蜀僧抱绿绮[2]，西下峨眉峰。
为我一挥手[3]，如听万壑松。
客心[4]洗流水[5]，余响入霜钟。
不觉碧山暮，秋云暗几重。

---

1. 蜀僧濬：蜀地一位名叫濬的僧人。
2. 绿绮：汉代司马相如有琴名绿绮，这里泛指琴。
3. 挥手：指弹琴。
4. 客心：指诗人自己的心绪。
5. 流水：用钟子期听伯牙弹琴的典故，比喻对方琴声高妙。

襄阳歌

到襄阳访友，那里有几位志同道合、不急着求取功名的知己。

xiàn lí
落日欲没岘山[1]西，倒著接䍦[2]花下迷。
襄阳小儿齐拍手，拦街争唱《白铜鞮》[3]。
傍人借问笑何事，笑杀山公[4]醉似泥。
lú cí sháo
鸬鹚杓[5]，鹦鹉杯[6]，百年三万六千日，
一日须倾三百杯。
pō pēi
遥看汉水鸭头绿[7]，恰似蒲萄初酦醅[8]。
此江若变作春酒，垒曲[9]便筑糟丘台。
千金骏马换少妾，醉坐雕鞍歌落梅[10]。
车傍侧挂一壶酒，凤笙龙管行相催。

---

1. 岘山：在今湖北襄阳，又名岘首山。
2. 倒著接䍦：用《世说新语》中山简大醉后倒戴帽子的典故。接䍦，帽名。
3. 《白铜鞮》：南朝梁代歌谣名，也作《白铜蹄》。
4. 山公：即山简。一作“山翁”。
5. 鸬鹚杓：形如鸬鹚脖颈的长柄酒杓。
6. 鹦鹉杯：用鹦鹉螺制成的酒杯。
7. 鸭头绿：鸭头上的绿毛一样的颜色。
8. 酦醅：重酿而没有滤过的酒。
9. 曲：即酒曲。
10. 落梅：即《梅花落》，乐府横吹曲名。

咸阳市上叹黄犬，[1]何如月下倾金罍(léi)[2]。

君不见晋朝羊公一片石[3]，龟头剥落生莓苔。

泪亦不能为之堕，心亦不能为之哀。

谁能忧彼身后事，金凫银鸭葬死灰。

清风朗月不用一钱买，玉山自倒[4]非人推。

舒州杓[5]，力士铛(chēng)[6]，李白与尔同死生。

襄王云雨今安在，江水东流猿夜声。

---

1. 咸阳市上叹黄犬：用秦相李斯被杀前对儿子感叹“吾欲与若复牵黄犬俱出上蔡东门逐狡兔，岂可得乎”的典故。这一句意为：与其追求高官厚禄最后不得善终，不如月下尽情饮酒来得痛快。
2. 金罍：饰金的大型酒器，这里泛指酒杯。
3. 晋朝羊公一片石：指岘山所立的纪念晋朝羊祜的碑。
4. 玉山自倒：指人醉倒。玉山，比喻俊美的仪容。
5. 舒州杓：舒州出产的杓。唐代舒州以产酒器闻名。
6. 力士铛：一种温酒的器具。

襄阳曲四首 其四

且醉习家池[1]，莫看堕泪碑[2]。

山公欲上马，笑杀襄阳儿。

---

1. 习家池：又名“高阳池”。传说汉代习郁在岘山南依照范蠡养鱼法作鱼池，因此人称“习家池”。

2. 堕泪碑：百姓为纪念羊祜所立的碑。因祭拜时总会睹碑生情而流泪，杜预称之为“堕泪碑”，又名“羊公碑”。

大堤曲

在襄阳思念许氏夫人，情意深重，声调缠绵。

汉水临襄阳，花开大堤暖。
佳期大堤下，泪向南云[1]满。
春风复无情，吹我梦魂散。
不见眼中人，天长音信断。

1. 南云：南飞之云。

太原早秋

到太原干谒访友。

岁落众芳歇，时当大火[1]流。
霜威出塞早，云色渡河秋。
梦绕边城月，心飞故国楼。
思归若汾水，无日不悠悠。

1. 大火：星名，即心宿。每年夏历五月黄昏位置最高，六月之后开始下行，故称“大火流”。其时天气转凉。

将进酒[1]

岑夫子、丹丘生都是隐居在襄阳一带的李白的好友，李白去长安之前和离开长安后都经常拜访他们。这首诗当是与他们聚饮之时所作，姑且放在这里。

君不见黄河之水天上来，奔流到海不复回。

君不见高堂明镜悲白发，朝如青丝暮成雪。

人生得意须尽欢，莫使金樽空对月。

天生我材必有用，千金散尽还复来。

烹羊宰牛且为乐，会须一饮三百杯。

岑夫子[2]，丹丘生[3]，将进酒，杯莫停。

与君歌一曲，请君为我侧耳听。

钟鼓馔玉不足贵，但愿长醉不复醒。

古来圣贤皆寂寞，惟有饮者留其名。

陈王[4]昔时宴平乐，斗酒十千[5]恣欢谑[6]。

---

1. 将进酒：汉鼓吹铙歌十八曲之一。
2. 岑夫子：岑勋，南阳人。
3. 丹丘生：元丹丘。他与岑勋都是李白的好友。
4. 陈王：指曹植，他曾受封陈王。
5. 斗酒十千：一斗酒十千钱，泛指价格昂贵的美酒。
6. 恣欢谑：尽情地娱乐戏谑。

主人何为言少钱，径须沽取对君酌。
五花马，千金裘，呼儿将出[1]换美酒，
与尔同销万古愁。

1. 将出：拿出。

日出入行[1]

李白的拟乐府继承和发扬了汉乐府的传统。

日出东方隈（wēi）[2]，似从地底来。
历天又入海，六龙[3]所舍（shè）[4]安在哉？
其始与终古不息，人非元气安能与之久徘徊。
草不谢荣[5]于春风，木不怨落于秋天。
谁挥鞭策驱四运[6]，万物兴歇皆自然。
羲和羲和[7]，汝奚汩（gǔ）没[8]于荒淫之波？
鲁阳何德，驻景挥戈？[9]
逆道违天，矫诬实多。[10]

---

1. 日出入行：一作“日出行”，乐府旧题。
2. 隈：山水弯曲的地方。
3. 六龙：神话中为太阳驾车的六条龙。
4. 舍：居住。
5. 谢荣：谢，推辞、拒绝。荣，繁茂。
6. 四运：指春夏秋冬四季变化。
7. 羲和：神话中为太阳驾车的神。
8. 汩没：沉沦，沉没。
9. “鲁阳”句：用《淮南子》中“鲁阳公与韩构难，战酣，日暮，援戈而撝之，日为之反三舍”的典故。
10. “逆道”句：指前代关于太阳的传说违背自然的道理，大多是欺骗诈伪的说法。矫诬，谓假借名义以欺骗他人。

xìng

吾将囊括大块[1]，浩然与溟涬[2]同科[3]。

1. 大块：大自然。
2. 溟涬：元气。
3. 同科：同等。

短歌行[1]

白日何短短，百年苦易满。

苍穹浩茫茫，万劫[2]太极长。

麻姑[3]垂两鬓，一半已成霜。

天公见玉女，大笑亿千场。[4]

吾欲揽六龙，回车挂扶桑[5]。

北斗酌美酒，劝龙各一觞。

富贵非所愿，为人驻颓光[6]。

---

1. 短歌行：乐府旧题。
2. 劫：佛教名词，天地从形成到毁灭为一劫。
3. 麻姑：神话中的仙女，自称曾看见东海三次变为桑田。
4. “天公”句：《神异经》记载，东王公曾和玉女一起玩投壶之戏，每当投不中时就会大笑。
5. 扶桑：神话中的日出之处。
6. 驻颓光：也作“驻颜光”或“驻流光”，指留住时间。

赠内

三百六十日，日日醉如泥。

虽为李白妇，何异太常妻[1]。

---

1. 太常妻：用《后汉书·周泽传》的典故：周泽担任太常卿时经常因病居于斋宫，他的妻子去看望他，他大怒，因妻子干犯斋禁而将其送狱治罪。时人有语："生世不谐，作太常妻。一岁三百六十日，三百五十九日斋。"《汉官仪》此句下还有"一日不斋醉如泥"。

赠孟浩然

孟浩然也是李白隐居在襄阳时的好友之一，他比李白年长十几岁，在师友之间。襄阳好友的隐逸思想对李白影响很大。

吾爱孟夫子，风流天下闻。

红颜[1]弃轩冕，白首卧松云。

醉月频中圣[2]，迷花[3]不事君。

高山安可仰，徒此揖清芬。

1. 红颜：指青年时代。
2. 中圣：喝醉酒。圣，汉末曹操禁酒，喜欢喝酒的徐邈称清酒为“圣人”。
3. 迷花：迷恋花木。

黄鹤楼[1]送孟浩然之广陵[2]

孟浩然到扬州一带去游历，李白在黄鹤楼送他，这是基于他们在隐居期间交往而结下的友谊。

这条路线，也是李白的偶像谢朓走过的。后两句为名句，点化自谢朓的名句“天际识归舟，云中辨江树”。

故人西辞黄鹤楼，烟花[3]三月下扬州。

孤帆远影碧空尽，唯见长江天际流。

1. 黄鹤楼：故址在今湖北武汉。
2. 广陵：在今江苏扬州，唐代时是扬州广陵郡治所。
3. 烟花：泛指绮丽的春景。

送友人

不知是在哪里、送谁，但情调与送孟浩然相似。
将古诗的意境化进律诗，兼具精致与洒脱。

青山横北郭，白水绕东城。
此地一为别，孤蓬万里征。
浮云游子意，[1]落日故人情。
挥手自兹去，萧萧[2]班马[3]鸣。

---

1. 浮云游子意：化用《行行重行行》中的名句“浮云蔽白日，游子不顾返”。
2. 萧萧：马嘶鸣声。
3. 班马：离群之马，这里指载人离去的马。

渡荆门送别

地点与场景接近送孟浩然。境界开阔，精致而不觉雕刻，是李白五律中的精品。

渡远荆门[1]外，来从楚国[2]游。

山随平野尽，江入大荒流。

月下飞天镜[3]，云生结海楼[4]。

仍怜故乡水，万里送行舟。

1. 荆门：山名，在今湖北宜都。
2. 楚国：指今湖北一带，春秋战国时该地区属楚国。
3. 飞天镜：指月亮映在水中，如天上飞来一面明镜。
4. 结海楼：指结成海市蜃楼。

月夜江行寄崔员外宗之[1]

五古吸收了《文选》的精华。

飘飖江风起，萧飒海树秋。
登舻（lú）[2]美清夜，挂席[3]移轻舟。
月随碧山转，水合青天流。
杳如星河上，但觉云林幽。
归路方浩浩，徂（cú）川[4]去悠悠。
徒悲蕙草歇，复听菱歌愁。
岸曲迷后浦，沙明瞰前洲。
怀君不可见，望远增离忧。

---

1. 崔员外宗之：崔宗之，曾任礼部员外郎，与杜甫以文相知。
2. 舻：船首，这里指船。
3. 挂席：张帆。
4. 徂川：逝水。

江上寄元六林宗[1]

学谢灵运体，写景求奇，但不过分晦涩。

霜落江始寒，枫叶绿未脱。
客行悲清秋，永路苦不达。
沧波眇（miǎo）川汜（sì）[2]，白日隐天末。
停棹（zhào）依林峦，惊猿相叫聒[3]。
夜分河汉转，起视溟涨[4]阔。
凉风何萧萧，流水鸣活活（guō）[5]。
浦沙净如洗，海月明可掇。
兰交[6]空怀思，琼树[7]讵解渴。
勖（xù）[8]哉沧洲心[9]，岁晚庶不夺。

---

1. 元六林宗：有人认为即元丹丘。
2. 川汜：众多江流。
3. 叫聒：喧叫。
4. 溟涨：大海。
5. 活活：水流声。
6. 兰交：指知心朋友。
7. 琼树：指友人。
8. 勖：勉励。
9. 沧洲心：沧州指隐士居住的地方。沧洲心，代指归隐之志。

幽赏颇自得，兴远与谁豁[1]。

1. 兴远与谁豁：高远的意兴与谁抒发。

客中行[1]

移居东鲁，仍然离不开酒。喝到了一种新的酒，就是高兴事，谁在乎哪里才是故乡呢？

兰陵[2]美酒郁金香[3]，玉碗盛来琥珀光。

但使主人能醉客，不知何处是他乡。

---

1. 客中行：唐人把绝句也视为一种歌行。
2. 兰陵：在今山东枣庄市南。
3. 郁金香：散发郁金的香气。郁金，香草名。

嘲鲁儒

李白在东鲁见到了醉心于复古的腐儒。不过，到底是谁更保守，还真不好说。

鲁叟谈五经，白发死章句。
问以经济策，茫如坠烟雾。
足著远游履，首戴方山巾。
缓步从直道，未行先起尘。
秦家丞相府，不重褒衣[1]人。
君非叔孙通[2]，与我本殊伦。
时事且未达，归耕汶水滨。

1. 褒衣：古代儒生穿的一种宽大衣服。
2. 叔孙通：西汉初制定朝廷礼仪的儒生。

南陵[1]别儿童入京

被征召为翰林供奉，十分得意。“会稽愚妇”大概是指刘氏。

白酒新熟山中归，黄鸡啄黍秋正肥。
呼童烹鸡酌白酒，儿女嬉笑牵人衣。
高歌取醉欲自慰，起舞落日争光辉。
游说万乘苦不早，著鞭跨马涉远道。
会稽愚妇轻买臣，[2]余亦辞家西入秦。
仰天大笑出门去，我辈岂是蓬蒿人[3]。

---

1. 南陵：指李白在东鲁的居所。
2. 会稽愚妇轻买臣：西汉朱买臣很喜欢读书，四十余岁还以卖柴为生，家中贫困，妻子因嫌弃他而离开。数年后朱买臣官至会稽太守，妻子羞愧自尽。
3. 蓬蒿人：生活在草野间的人。

伴驾长安

（四十三至四十四岁）

翰林供奉是李白一生中做过的最具尊荣的官，所以他也会被称为“李翰林”

子夜四时歌[1]四首　秋歌

拟南朝乐府。

长安一片月，万户捣衣声。
秋风吹不尽，总是玉关[2]情。
何日平胡虏？良人[3]罢远征。

1. 子夜四时歌：吴声歌曲名，一作“子夜吴歌”。
2. 玉关：玉门关，这里泛指边塞。
3. 良人：古代妇女对丈夫的称呼。

宫中行乐词 其一

拟南朝宫体诗。

小小[1]生金屋，盈盈在紫微[2]。
山花插宝髻，石竹绣罗衣。
每出深宫里，常随步辇归。
只愁歌舞散，化作彩云飞。

1. 小小：幼小时。
2. 紫微：指天子居处。

玉阶怨[1]

直接受谢朓《玉阶怨》启发，而节奏感更好。

玉阶生白露，夜久侵罗袜。
却下水精帘[2]，玲珑[3]望秋月。

1. 玉阶怨：乐府旧题，多用来写宫女怨情。玉阶，宫中的石阶。
2. 水精帘：用透明珠子串成的帘。
3. 玲珑：明亮的样子。

怨情

美人卷珠帘，深坐颦(pín)[1]蛾眉。

但见泪痕湿，不知心恨谁。

---

1. 颦：皱眉。

清平调

为满足唐玄宗赏花享乐的需要赶制出的名作。肯定是可以唱的，是按音乐填的词。

七言绝句，是比较旧的歌词形式。可以看作三首绝句组成的组诗，也可以看作分成三章的一首歌行，其实就是一首歌的三段。

叶想衣裳花想容[1]，春风拂槛露华浓。
若非群玉[2]山头见，会向瑶台月下逢。

一枝红艳露凝香，云雨巫山枉断肠。
借问汉宫谁得似，可怜[3]飞燕倚新妆。

名花倾国两相欢，长得君王带笑看。
解释[4]春风无限恨，沉香亭北倚阑干。

---

1. 叶想衣裳花想容：通行本作“云想衣裳花想容”。“叶想衣裳花想容”为较早版本，意谓“（牡丹花的）叶子像美人的衣裳，花像美人的容貌”。
2. 群玉：山名，传说中西王母居住的地方，山中多玉，故名。
3. 可怜：可爱。
4. 解释：消除。

清平乐令二首 其一

长短句，新的歌词形式。这个词牌今天还在用，在当时是可以唱的。

禁庭春昼，莺羽披新绣。
百草巧求花下斗，[1]只赌珠玑满斗。

日晚却理残妆，御前闲舞《霓裳》。
谁道腰肢窈窕，折旋[2]笑得[3]君王。

---

1. 百草巧求花下斗：即斗草，又称“斗百草”。古人常在端午节竞采花草，比赛多寡优劣。
2. 折旋：不久便折服。
3. 笑得：逗乐。一作“消得”。

忆秦娥

也是沿用至今的词牌，不过李白写的时候可能只是歌行，还不是词。

箫声咽，秦娥梦断秦楼[1]月。
秦楼月，年年柳色，灞(bà)陵[2]伤别。

乐游原[3]上清秋节，咸阳古道音尘绝。
音尘绝，西风残照，汉家陵阙。

---

1. 秦楼：秦穆公为其女弄玉所建之楼，秦娥即弄玉。传说弄玉曾与夫婿在楼上吹箫。这里以弄玉比喻出身秦地的女主人公。
2. 灞陵：在今陕西西安，汉文帝陵寝所在地。汉代人常常送客至此，折柳赠别。
3. 乐游原：唐代游览胜地，在长安东南，是汉宣帝乐游苑的故址。

菩萨蛮

古老的词牌，沿用至今。

平林漠漠烟如织，寒山一带伤心碧。
暝色入高楼，有人楼上愁。

玉阶空伫立，宿鸟归飞急。
何处是归程，长亭更短亭。[1]

---

1. 长亭更短亭：古代在路边每隔十里设长亭，隔五里设短亭，供行旅停息。靠近城市的长亭常常是送别之处。

白头吟[1]二首 其一

拟南朝歌行，实则借鉴了汉乐府的叙事艺术，可能有李白陪伴在帝王身边的一些感触。

锦水[2]东北流，波荡双鸳鸯。
雄巢汉宫树，雌弄秦草芳。
宁同万死碎绮翼，不忍云间两分张[3]。
此时阿娇正娇妒，独坐长门愁日暮。[4]
但愿君恩顾妾深，岂惜黄金买词赋。
相如作赋得黄金，丈夫好新多异心。
一朝将聘茂陵女，文君因赠《白头吟》。
东流不作西归水，落花辞条归故林。
兔丝[5]固无情，随风任颠倒。

---

1. 白头吟：乐府旧题。
2. 锦水：即锦江，在今四川成都南。
3. 分张：分离。
4. “此时”句：汉武帝陈皇后（即阿娇）失宠，退居长门宫，用黄金百斤请司马相如作《长门赋》。汉武帝见而感伤，陈皇后于是复得宠幸。
5. 兔丝：即菟丝，一种茎细如丝的寄生植物，常缠绕在其他植物上。

谁使女萝[1]枝，而来强萦抱。

两草犹一心，人心不如草。

莫卷龙须席，从他生网丝。

且留琥珀枕，或有梦来时。

覆水再收岂满杯，弃妾已去难重回。

古来得意不相负，只今惟见青陵台[2]。

---

1. 女萝：即松萝，一种寄生在树上的植物。因为菟丝有时缠绕在女萝上，古人就常用菟丝、女萝喻指男女爱情。

2. 青陵台：战国时期宋康王贪图韩凭妻子何氏美貌而霸占了她，韩凭夫妻双双殉情。康王震怒，于是分葬二人，令其坟墓遥遥相望，结果两人坟上长出连理枝，根交于下，枝错于上，人称相思树。青陵台即宋康王强迫韩凭修筑的高台，也是何氏自杀的地方。

夜坐吟

拟南朝歌行，很像鲍照。

冬夜夜寒觉夜长，沉吟久坐坐北堂。
冰合井泉月入闺，金釭(gāng)[1]青凝[2]照悲啼。
金釭灭，啼转多。
掩妾泪，听君歌。
歌有声，妾有情。
情声合，两无违。
一语不入意，从君万曲梁尘飞[3]。

---

1. 釭：灯盏。
2. 青凝：仿佛凝固一般的青色火焰。
3. 梁尘飞：用汉代虞公善雅歌，其音清哀，声动梁尘的典故。

塞下曲六首 其一

以五律写边塞，其实是南朝宫体诗的传统，写出来可能也是供娱乐之用。这里是浪漫主义的写法，作者不需要亲临边塞，与高适、岑参的现实主义边塞诗不同。

五月天山雪，无花只有寒。
笛中闻折柳，春色未曾看。
晓战随金鼓，宵眠抱玉鞍。
愿将腰下剑，直为斩楼兰[1]。

1. 楼兰：汉代时西域国名，即鄯善国，这里指唐代西北地区侵扰边境的少数民族政权。此处用汉傅介子出使西域，斩楼兰王立功之典故。

塞下曲六首 其五

塞虏乘秋下，天兵出汉家。
将军分虎竹[1]，战士卧龙沙[2]。
边月随弓影，胡霜拂剑花。
玉关殊[3]未入，少妇莫长嗟。

---

1. 虎竹：铜虎符与竹使符，都是兵符。
2. 龙沙：即白龙堆，今称库姆塔格沙漠，在新疆罗布泊与甘肃敦煌玉门关之间。
3. 殊：尚，还。

塞下曲六首 其六

烽火动沙漠，连照甘泉[1]云。
汉皇按剑起，还召李将军[2]。
兵气天上合，鼓声陇底闻。
横行负勇气，一战静妖氛。

---

1. 甘泉：秦汉时期宫殿名，故址在今陕西省淳化县西北甘泉山。
2. 李将军：指汉代名将李广。

liú

紫骝马[1]

继承宫体诗传统的咏物诗，辞藻华丽。

紫骝行且嘶，双翻碧玉蹄[2]。
临流不肯渡，似惜锦障泥[3]。
白雪关山远，黄云海戍迷。
挥鞭万里去，安得念春闺。

1. 紫骝马：乐府旧题。紫骝，暗红色的马。
2. 碧玉蹄：形容马蹄之美。
3. 障泥：披在马鞍旁边以遮挡溅起的尘泥的用具。

关山月[1]

以格律诗的形式赋写乐府旧题。此诗受到初唐崔融《关山月》的影响。

明月出天山[2]，苍茫云海间。
长风几万里，吹度玉门关。
汉下白登[3]道，胡窥青海湾。
由来[4]征战地，不见有人还。
戍客望边邑，思归多苦颜。
高楼当此夜，叹息未应闲。

---

1. 关山月：乐府旧题。
2. 天山：即祁连山，在今甘肃、青海两省交界。
3. 白登：山名，在今山西大同，汉高祖刘邦曾被匈奴围困于此。
4. 由来：从来。

乌夜啼[1]

借用乐府旧题，声情流畅谐婉，感情尖新，好像一首流行歌曲，适合传唱。

黄云城边乌欲栖，归飞哑哑枝上啼。
机中织锦[2]秦川女，碧纱如烟隔窗语。
停梭怅然忆远人，独宿孤房泪如雨。

1. 乌夜啼：乐府旧题。
2. 织锦：十六国时前秦的秦州刺史窦滔被流放时，妻子苏若兰思念他，于是织锦为回文诗赠之。

乌栖曲[1]

表面上是咏史，其实就是为了写宫廷生活。同样属于浪漫主义创作。

姑苏台[2]上乌栖时[3]，吴王[4]宫里醉西施。
吴歌楚舞欢未毕，青山犹衔半边日。
银箭金壶[5]漏水多，起看秋月坠江波，
东方渐高[6]奈乐何。

---

1. 乌栖曲：乐府旧题。
2. 姑苏台：相传为吴王阖闾或夫差所建，故址在今江苏苏州。
3. 乌栖时：指日暮之时。
4. 吴王：指吴王夫差。
5. 银箭金壶：都是古代滴水计时的工具。
6. 东方渐高：指太阳渐渐升起。

三五七言[1]

有趣的形式，游戏性很强。

秋风清，秋月明。

落叶聚还散，寒乌栖复惊。

相思相见知何日，此时此夜难为情。

---

1. 三五七言：全篇三言、五言、七言各两句的诗体。

春思

模拟齐梁宫体三韵诗，好像一首简化了的五律。

燕草如碧丝，秦桑低绿枝。
当君怀归日，是妾断肠时。
春风不相识，何事入罗帏[1]。

1. 罗帏：罗帐。

秋思

春阳如昨日，碧树鸣黄鹂。
芜然蕙草暮，飒尔凉风吹。
天秋木叶下，月冷莎鸡[1]悲。
坐愁群芳歇，白露凋华滋[2]。

1. 莎鸡：虫名，即纺织娘，又称络纬、络丝娘。
2. 华滋：茂盛的枝叶。

秋夜独坐怀故山

在长安的孤独。因为不能实现自己的价值，所以才会想家。

小隐[1]慕安石[2]，远游学子平[3]。

天书访江海，云卧起咸京。

入侍瑶池宴，出陪玉辇行。

夸胡新赋作，[4]谏猎短书成。[5]

但奉紫霄[6]顾，非邀青史名。

庄周空说剑，[7]墨翟耻论兵。[8]

拙薄遂疏绝，归闲事耦（ǒu）耕[9]。

---

1. 小隐：指隐居山林。
2. 安石：谢安，字安石。
3. 子平：向长，字子平。东汉时期著名隐士，屡辞征辟，后与同好游五岳名山，不知所终。
4. 夸胡新赋作：汉成帝建成长杨宫后，令关中百姓捕兽圈养，又令胡客大校猎，扬雄于是献《长杨赋》来劝谏这种行为。夸胡，夸示胡人。
5. 谏猎短书成：用司马相如劝谏汉武帝游猎的典故。
6. 紫霄：指朝廷。
7. 庄周空说剑：《庄子》中有《说剑》篇，内容是庄子和赵文王论剑。
8. 墨翟耻论兵：用墨子不肯让自己善用兵的事情被天下所知的典故。
9. 耦耕：两人并耕，这里泛指务农。

顾无苍生望[1]，空爱紫芝荣[2]。

寥落暝霞色，微茫旧壑情。

秋山绿萝月，今夕为谁明。

---

1. 苍生望：百姓的期望。谢安隐居东山，朝廷屡次征召而不应。时人语曰："安石不肯出，将如苍生何？"

2. 紫芝荣：传说秦末隐士商山四皓隐居蓝田作歌，歌有"晔晔紫芝，可以疗饥"之句。

忆东山二首 其二

人生在世，建功立业并不是第一位的。谢安可以隐居，我为什么不可以呢?

我今携谢妓[1]，长啸绝人群。

欲报东山客[2]，开关扫白云。

---

1. 谢妓：用谢安隐居东山时常携妓游玩的典故，这里借此比喻自己的潇洒。
2. 东山客：泛指隐士。

送贺宾客[1]归越

在长安，像贺知章一样欣赏李白的人其实不多。

镜湖[2]流水漾清波，狂客[3]归舟逸兴多。
山阴道士如相见，应写黄庭换白鹅。[4]

---

1. 贺宾客：贺知章，归乡时官至太子宾客。
2. 镜湖：即鉴湖，在今浙江绍兴。
3. 狂客：贺知章自号“四明狂客”。
4. “山阴”句：用王羲之为道士写《黄庭经》换鹅的典故。贺知章擅长草书，因此用王羲之来比他的书法水平。

月下独酌四首　其一

奇特的修辞下面，是彻骨的孤独。

花间一壶酒，独酌无相亲。
举杯邀明月，对影成三人。
月既不解饮，影徒随我身。
暂伴月将[1]影，行乐须及春。
我歌月徘徊，我舞影零乱。
醒时同交欢，醉后各分散。
永结无情游[2]，相期邈[3]云汉[4]。

---

1. 将：与，共。
2. 无情游：因月和影都没有感情，所以李白称与其同游为“无情游”。
3. 邈：遥远。
4. 云汉：银河，天河。

月下独酌四首 其二

酒徒狂言。

天若不爱酒，酒星[1]不在天。
地若不爱酒，地应无酒泉[2]。
天地既爱酒，爱酒不愧天。
已闻清比圣，复道浊如贤。[3]
贤圣既已饮，何必求神仙。
三杯通大道，一斗合自然。
但得酒中趣，勿为醒者传。

1. 酒星：即酒旗星。
2. 酒泉：指酒泉郡。
3. “已闻”句：三国时期魏国徐邈称清酒为圣人，浊酒为贤人。

蛰居东鲁

（四十五岁）

山东是复古运动的大本营，也是古体诗的大本营。李白待在东鲁，也受到当地诗学文化的影响，投入到盛唐的复古运动当中

行路难[1]三首 其一

体会到了人生的艰难，这时想起了鲍照有一组叫《行路难》的诗，就模仿了一下。

金樽清酒斗十千，玉盘珍羞[2]直万钱。
停杯投箸不能食，拔剑四顾心茫然。
欲渡黄河冰塞川，将登太行雪满山。
闲来垂钓碧溪上，[3]忽复乘舟梦日边[4]。
行路难，行路难，多歧路，今安在？
长风破浪[5]会有时，直挂云帆济沧海。

1. 行路难：乐府旧题。
2. 羞：同“馐”，美食。
3. 闲来垂钓碧溪上：用吕尚（即姜太公）老年时垂钓渭水边，遇上周文王出猎而被奉为师的典故。
4. 梦日边：用伊尹将受成汤征聘时梦见乘船经过日边的典故。
5. 长风破浪：用南朝宋宗悫少时有“愿乘长风破万里浪”志向的典故。

行路难三首 其二

用词很豪放，其实心里很苦。

大道如青天，我独不得出。

羞逐长安社中儿[1]，赤鸡白狗赌梨栗。[2]

弹剑作歌[3]奏苦声，曳裾王门[4]不称情。

淮阴市井笑韩信，[5]汉朝公卿忌贾生。[6]

君不见昔时燕家重郭隗[7]，拥彗[8]折腰无嫌猜。

剧辛乐毅[9]感恩分（fèn）[10]，输肝剖胆效英才。[11]

---

1. 社中儿：里巷中的小孩子。
2. 赤鸡白狗赌梨栗：指斗鸡走狗之类的赌博活动。
3. 弹剑作歌：比喻怀才不遇。战国时期孟尝君门下食客冯谖曾屡次弹剑作歌怨己不如意。
4. 曳裾王门：指在王侯面前非常谦卑。曳裾，牵起外衣的前襟快步走。
5. 淮阴市井笑韩信：用韩信甘受淮阴少年胯下之辱的典故。
6. 汉朝公卿忌贾生：贾谊曾为汉文帝信重而准备任命其为公卿，周勃、灌婴等人进谗言，贾谊因此被贬为长沙王太傅。
7. 燕家重郭隗：用郭隗游说燕昭王招贤先自他始的典故。
8. 拥彗：拿着笤帚退行扫地，迎接贵宾，是表示恭敬的礼节。
9. 剧辛乐毅：剧辛是赵国人，乐毅是魏国人，二人到燕国后均被重用。
10. 恩分：恩情。
11. 输肝剖胆效英才：指竭尽忠诚报效英才。

昭王白骨萦蔓草，谁人更扫黄金台[1]。

行路难，归去来。

1. 黄金台：故址在今河北定兴县，传说燕昭王在台上置千金以招揽贤才。

行路难三首 其三

有耳莫洗颍（yǐng）川水，[1]有口莫食首阳蕨（jué）。[2]

含光混世[3]贵无名，何用孤高比云月。

吾观自古贤达人，功成不退皆殒身。

子胥既弃吴江上，屈原终投湘水滨。

陆机才多岂自保，李斯税驾苦不早。[4]

华亭鹤唳讵可闻，上蔡苍鹰何足道？

君不见吴中张翰真达士[5]，秋风忽忆江东行。

且乐生前一杯酒，何须身后千载名。

---

1. 有耳莫洗颍川水：反用许由洗耳的典故。
2. 有口莫食首阳蕨：反用伯夷、叔齐耻食周粟的典故。
3. 含光混世：指不显露才能，与普通人一样。
4. “陆机”句：伍子胥、屈原、陆机、李斯四人都有高才，但都因政治斗争不得善终。
5. 吴中张翰真达士：用张翰见秋风起思家乡莼鲈而辞官归去的典故。

长相思[1]三首 其一

直点出长安。繁复的节奏，密集的韵脚；情绪激越，感人肺腑。
此诗不一定隔句押韵，有的地方句句押韵。凡用韵之处，点校者均以“。”标记，以见李白用韵的特点。
开头借用了乐府“三三七”的经典句式，对后来的词牌《长相思》可能有启发。

长相思，在长安。
络纬秋啼金井阑[2]。
微霜凄凄簟（diàn）[3]色寒。
孤灯不明思欲绝，卷帷望月空长叹。
美人如花隔云端。
上有青冥[4]之长天。
下有渌水之波澜。
天长路远魂飞苦，梦魂不到关山难。
长相思，摧心肝。

---

1. 长相思：乐府旧题。
2. 金井阑：精美的井边栏杆。
3. 簟：竹席。
4. 青冥：青天。

长相思三首 其二

想的是长安的美人吗？想的就是长安。最后四句很简单，也很悲伤。

日色已尽花含烟，月明欲素愁不眠。
赵瑟[1]初停凤凰柱[2]，蜀琴[3]欲奏鸳鸯弦。
此曲有意无人传，愿随春风寄燕然，
忆君迢迢隔青天。
昔时横波[4]目，今作流泪泉。
不信妾肠断，归来看取明镜前。

---

1. 赵瑟：相传战国时期的赵国人擅长鼓瑟，故名。
2. 凤凰柱：雕刻成凤凰形状的瑟柱。
3. 蜀琴：蜀人司马相如擅长弹琴，故名。
4. 横波：形容眼神流动如水波。

长相思三首 其三

用语大胆，这是乐府歌行的特点。

美人在时花满堂，美人去后余空[1]床。
床中绣被卷不寝，至今三载闻余[2]香。
香亦竟不灭，人亦竟不来。
相思黄叶落，白露点青苔。

1. 余空：一作“空余”。
2. 闻余：一作“犹闻”。

于阗采花[1]

tián（阗）

对唐玄宗不能识人有所讽喻。

于阗采花人，自言花相似。
明妃[2]一朝西入胡，胡中美女多羞死。
乃知汉地多名姝，胡中无花可方比。
丹青能令丑者妍，无盐[3]翻在深宫里。
自古妒蛾眉，胡沙埋皓齿。

1. 于阗采花：乐府旧题。于阗，古西域国名，在今新疆和田一带。
2. 明妃：即王昭君。
3. 无盐：战国时期齐国一位相貌极丑的女子。

妾薄命[1]

汉帝重阿娇，贮之黄金屋。
咳唾[2]落九天，随风生珠玉。
宠极爱还歇，妒深情却疏。
长门一步地，不肯暂回车。
雨落不上天，水覆难再收。
君情与妾意，[3]各自东西流。
昔日芙蓉花，今成断根草。
以色事他人，能得几时好。

---

1. 妾薄命：乐府旧题。
2. 咳唾：本指唾沫一类液体，后代指谈吐。
3. 君情与妾意：指汉武帝与阿娇的情意。

怨情

新人如花虽可宠，故人似玉由来重。
花性飘扬不自持，玉心皎洁终不移。
故人昔新今尚故，还见新人有故时。
请看陈后黄金屋[1]，寂寂珠帘生网丝。

1. 陈后黄金屋：汉武帝少年时曾许下诺言，如果能娶到陈阿娇，要让她住在黄金屋中。后来他果然将陈阿娇立为皇后，但日久天长，却不再宠爱她了。传说司马相如因此写下《长门赋》。

沐浴子[1]

沐芳莫弹冠，浴兰莫振衣。
处世忌太洁，至人贵藏晖[2]。
沧浪有钓叟，[3]吾与尔同归。

---

1. 沐浴子：乐府旧题。
2. 藏晖：掩藏自身的光芒。
3. 沧浪有钓叟：用《楚辞·渔父》中渔父歌“沧浪之水清兮，可以濯吾缨；沧浪之水浊兮，可以濯吾足”的典故。

邯郸才人嫁为厮养卒妇[1]

邯郸才人的处境富于戏剧张力，这里被李白拿来自喻。

妾本丛台[2]女，扬蛾入丹阙。
自倚颜如花，宁知有凋歇。
一辞玉阶下，去若朝云[3]没。
每忆邯郸城，深宫梦秋月。
君王不可见，惆怅至明发[4]。

---

1. 邯郸才人嫁为厮养卒妇：乐府旧题。
2. 丛台：台名，在战国时期赵国邯郸城内。
3. 朝云：用巫山神女与楚王欢会典故，神女离去时有“旦为朝云，暮为行雨”之语。
4. 明发：黎明。

野田黄雀行[1]

游莫逐炎洲[2]翠，栖莫近吴宫燕。
吴宫火起焚巢窠，炎洲逐翠遭网罗。
萧条两翅蓬蒿下，纵有鹰鹯（zhān）[3]奈若何。

---

1. 野田黄雀行：乐府旧题。
2. 炎洲：海南之地，因其四时炎热得名。
3. 鹰鹯：都是猛禽。

秋日鲁郡[1]尧祠亭上宴别杜补阙范侍御

回到东鲁后，继续与好友聚会宴饮。

我觉秋兴逸，谁云秋兴悲。

山将落日去，水与晴空宜。

鲁酒白玉壶，送行驻金羁（jī）[2]。

歇鞍憩古木，解带挂横枝。

歌鼓川上亭，曲度神飙吹[3]。

云归碧海夕，雁没青天时。

相失各万里，茫然空尔思[4]。

---

1. 鲁郡：即兖州，天宝元年改为鲁郡，今山东济宁兖州区。
2. 金羁：用金装饰的马络头，这里代指马。
3. 神飙吹：指乐声如疾风一般激荡有力。
4. 空尔思：徒然思念你们。

鲁中都东楼醉起作

昨日东楼醉，还应倒接䍦。

阿谁[1]扶上马，不省下楼时。

1. 阿谁：什么人。

古风 其一

山东地区是复古重镇，李白写古体诗，可能受到地域文化的影响。《古风》五十九首是李白古体诗的代表作。这些作品已不是模拟《文选》，而是超越了《文选》，创造了一种名叫“古风”的新诗体。作者在其中抚今思昔、纵横捭阖，尽情地抒发自己的怀抱。

《大雅》[1]久不作[2]，吾衰竟谁陈。

《王风》[3]委[4]蔓草，战国多荆榛。

龙虎相啖食，[5]兵戈逮[6]狂秦。

正声何微茫，哀怨起骚人[7]。

扬马[8]激颓波，开流荡无垠。

废兴虽万变，宪章亦已沦。

---

1. 《大雅》：《诗经》分《风》《雅》《颂》三部分，《雅》又分《大雅》和《小雅》。《大雅》多为西周贵族的作品，主要歌颂周王室祖先的功业，有些也讥刺了厉王、幽王的昏庸。
2. 作：兴起。
3. 《王风》：《诗经·国风》的一部分，是周朝东都洛邑附近的民歌。
4. 委：丢弃。
5. 龙虎相啖食：比喻战国七雄相互侵攻争霸。
6. 逮：及，到。
7. 骚人：屈原的《离骚》是《楚辞》代表作，后世也将创作楚辞体的诗人称为“骚人”。
8. 扬马：汉代辞赋家扬雄和司马相如的合称。

自从建安[1]来，绮丽不足珍。

圣代[2]复元古，垂衣贵清真。[3]

群才属休明[4]，乘运共跃鳞。

文质相炳焕，众星罗秋旻（mín）[5]。

我志在删述[6]，垂辉映千春。

希圣如有立，绝笔于获麟。[7]

---

1. 建安：东汉献帝的年号，其时以三曹（曹操、曹植、曹丕）与建安七子为代表的文风刚健质朴。
2. 圣代：指唐朝。
3. 垂衣贵清真：指无为而治，崇尚纯真朴素、政治清明的治理之道。垂衣，制定衣服等阶的礼制，后用以称颂帝王无为而治。
4. 休明：美好清明。
5. 秋旻：秋季的天空。
6. 删述：相传孔子曾删订《诗经》，又自谓“述而不作”，后用以称著述之事。
7. 绝笔于获麟：孔子见鲁哀公西狩获麟而停止修订《春秋》。

古风 其二

蟾蜍薄太清[1]，蚀此瑶台月。

圆光亏中天，金魄[2]遂沦没。

dì dōng
䗖蝀入紫微，大明夷朝晖。[3]

浮云隔两曜，万象昏阴霏。

萧萧长门宫，昔是今已非。

dù
桂蠹[4]花不实，天霜下严威。

沉叹终永夕[5]，感我涕沾衣。

1. 薄太清：薄，逼近。太清，天空。
2. 金魄：指灿烂如金的满月。
3. 大明夷朝晖：指朝日无光。
4. 桂蠹：桂树上生了寄生虫。
5. 永夕：长夜。

古风 其三

秦王扫六合[1]，虎视何雄哉。
挥剑决浮云，诸侯尽西来。[2]
明断自天启，大略驾群才。
收兵铸金人，[3]函谷正东开。
铭功[4]会稽岭，骋望琅琊台。
刑徒七十万，起土骊山隈。
尚采不死药，茫然使心哀。
连弩射海鱼，长鲸正崔嵬。
额鼻象五岳，扬波喷云雷。
鬐鬣（qí liè）[5]蔽青天，何由睹蓬莱。
徐市（fú）[6]载秦女，楼船几时回。
但见三泉下，金棺葬寒灰。

---

1. 六合：天地四方，概指天下。
2. 诸侯尽西来：指六国诸侯都被俘虏。
3. 收兵铸金人：秦始皇二十六年（公元前221年）收缴天下兵器，聚于咸阳，铸成十二金人。
4. 铭功：刻石记述功绩。
5. 鬐鬣：鱼脊和鱼颔上的羽状部分。
6. 徐市：也作“徐福”，秦始皇曾诏遣他入海求仙，后不知所终。

古风 其九

庄周梦胡蝶，胡蝶为庄周。[1]
一体更变易，万事良悠悠。
乃知蓬莱水，复作清浅流。[2]
青门种瓜人，旧日东陵侯。[3]
富贵固如此，营营[4]何所求。

1. “庄周”句：庄周梦中幻化为蝴蝶，醒来竟不知是自己梦到成了蝴蝶还是蝴蝶梦到成了庄周。
2. “乃知”句：《神仙传》记载，仙女麻姑曾说之前到蓬莱的时候看见海水比往日浅了近一半，将要重新成为陆地。
3. “青门”句：指秦东陵侯邵平的典故。秦亡后邵平为布衣，种瓜于长安青门外。
4. 营营：奔走忙碌的样子。

古风 其十三

君平[1]既弃世，世亦弃君平。

观变穷太易[2]，探元[3]化群生。

寂寞缀道论，空帘闭幽情。

zōu　　　　　yuè zhuó

驺虞[4]不虚来，鷟鸑[5]有时鸣。

安知天汉上，白日悬高名。

海客[6]去已久，谁人测沉冥[7]。

---

1. 君平：指严君平，西汉蜀郡（今四川成都）人，卖卜于市，日得百钱，足以自养即闭户读《老子》，一生不仕，享年九十余。
2. 太易：《列子》中所说的原始混沌的状态。
3. 探元：即探玄，探索大道。
4. 驺虞：传说中的瑞兽，白毛黑纹，不食生物，会回应至信之德。
5. 鷟鸑：凤凰的别名。
6. 海客：传说天河与海相通，年年八月有浮槎来去，有人曾乘槎而去。
7. 沉冥：指隐士深沉难测的气度。

古风 其十八

大量运用汉魏六朝的乐府语汇及历史典故，写出城市浮华与功名利禄的虚无。

天津[1]三月时，千门桃与李。
朝为断肠花，暮逐东流水。
前水复后水，古今相续流。
新人非旧人，年年桥上游。
鸡鸣海色[2]动，谒帝罗公侯。
月落上阳西，余辉半城楼。
衣冠照云日，朝下散皇州。
鞍马如飞龙，黄金络马头。
行人皆辟易，志气横嵩丘。
入门上高堂，列鼎错珍羞。
香风引赵舞，清管随齐讴。
七十紫鸳鸯，双双戏庭幽。

---

1. 天津：桥名，在唐代东都洛阳城正南的洛水上。
2. 海色：将晓时的天色。

行乐争昼夜，自言度千秋。

功成身不退，自古多愆尤。

黄犬[1]空叹息，绿珠[2]成衅雠。

何如鸱夷子[3]，散发棹扁舟。

---

1. 黄犬：秦代李斯临刑时，感叹现在想要牵着黄犬出城狩猎也不可得了。
2. 绿珠：西晋富豪石崇的爱妾，据说石崇因为不肯将她让给孙秀而招来杀身之祸。
3. 鸱夷子：即范蠡，他帮助越王勾践成就大业后，功成身退，终老江湖。

古风 其三十五

丑女来效颦，[1]还家惊四邻。
寿陵失本步，笑杀邯郸人。[2]
一曲斐然子，雕虫丧天真。
棘刺造沐猴，[3]三年费精神。
功成无所用，楚楚且华身。
《大雅》思《文王》，《颂》声久崩沦[4]。
安得郢中质，一挥成斧斤。[5]

---

1. 丑女来效颦：用“东施效颦”的典故。
2. “寿陵”句：用“邯郸学步”的典故。
3. 棘刺造沐猴：以下两句用一个卫国人欺骗燕王自己能在棘刺尖端雕刻母猴的典故。
4. 崩沦：衰落。
5. “安得”句：用“运斤成风”的典故。这里指虽诗文正道衰微，仍盼望有能继承这一传统的人出现。

古风 其三十九

登高望四海，天地何漫漫。
霜被[1]群物秋，风飘大荒寒。
荣华东流水，万事皆波澜。
白日掩徂晖[2]，浮云无定端。
梧桐巢燕雀，枳棘栖鸳鸾。[3]
且复归去来，剑歌[4]行路难。

---

1. 被：覆盖。
2. 徂晖：落日的光辉。
3. “梧桐”句：指小人得到重用而贤人不遇。
4. 剑歌：弹剑而歌，用的也是冯谖的典故。

中年游历

（四十六至五十五岁）

这次的游历，不再有少年时代的功利目的，而完全成了人生失意后的排遣

梦游天姥[1]吟留别

（姥 mǔ）

辞别东鲁亲友，到浙东游历，追随谢灵运的足迹。
此时李白对朝政失望和厌恶的心情，也与贬谪时期的谢灵运相通。

海客谈瀛洲[2]，烟涛微茫信难求。
越人语天姥，云霓明灭或可睹。
天姥连天向天横，势拔五岳掩赤城[3]。
天台四万八千丈，对此欲倒东南倾。
我欲因之梦吴越，一夜飞度镜湖月。
湖月照我影，送我至剡溪。
谢公宿处今尚在，渌水荡漾清猿啼。
脚著谢公屐[4]，身登青云梯。
半壁见海日，空中闻天鸡[5]。

（屐 jī）

---

1. 天姥：山名，在今浙江新昌。
2. 瀛洲：古代传说中三座海上仙山之一。
3. 赤城：山名，在今浙江天台。
4. 谢公屐：谢灵运特制的一种木鞋，上山时去掉前齿，下山时去掉后齿，可以节省力气。
5. 天鸡：《述异记》记载，东南桃都山有大树名叫桃都，枝干长达三千里，上面栖息着天鸡。太阳升起时照着这棵树，天鸡就会鸣叫，天下的鸡就会随之一起鸣叫。

千岩万转路不定，迷花倚石忽已暝。
熊咆龙吟殷岩泉，栗深林兮惊层巅[1]。
云青青兮欲雨，水澹澹兮生烟。
列缺[2]霹雳，丘峦崩摧。
洞天石扇，訇(hōng)然[3]中开。
青冥浩荡不见底，日月照耀金银台[4]。
霓为衣兮风为马，云之君[5]兮纷纷而来下。
虎鼓瑟兮鸾回车，仙之人兮列如麻。
忽魂悸以魄动，恍惊起而长嗟。
惟觉时之枕席，失向来之烟霞。
世间行乐亦如此，古来万事东流水。
别君去兮何时还，且放白鹿青崖间，
须行即骑访名山。
安能摧眉折腰事权贵，使我不得开心颜。

---

1. 层巅：重叠的山峰。
2. 列缺：闪电。
3. 訇然：形容声音大。
4. 金银台：指仙宫楼台。
5. 云之君：这里泛指神仙。

鸣皋[1]歌送岑征君[2]

李白的诗不仅有疏朗流易，也有奇特险怪，后者对中唐怪奇诗风颇有启发。

若有人兮思鸣皋，阻积雪兮心烦劳。

洪河凌竞[3]不可以径度，冰龙鳞[4]兮难容舠[5]。

邈仙山之峻极兮，闻天籁之嘈嘈。

霜崖缟皓[6]以合沓兮，若长风扇海涌沧溟之波涛。

玄猿绿罴(pí)[7]，舔(tàn)錟[8]崟(yín)岌(jí)[9]。

危柯振石，骇胆栗魄[10]，群呼而相号。

峰峥嵘以路绝，挂星辰于岩嶅(áo)[11]。

送君之归兮，动鸣皋之新作。

---

1. 鸣皋：山名，在今河南嵩县。
2. 岑征君：即岑勋，因曾被朝廷征辟故称“征君”。
3. 凌竞：寒冷而令人战栗。
4. 冰龙鳞：指冰棱参差锯齿如龙鳞。
5. 舠：形如刀的一种小船。
6. 霜崖缟皓：积雪的山崖一片洁白。
7. 玄猿绿罴：黑色的猿猴与绿毛的熊罴。
8. 舔錟：吐舌貌。
9. 崟岌：高险的山。
10. 骇胆栗魄：使人心惊胆战。
11. 嶅：山多小石。

交鼓吹兮弹丝，觞[1]清泠之池阁。

君不行兮何待，若反顾之黄鹄。

扫梁园之群英，振《大雅》于东洛。

巾征轩[2]兮历阻折，寻幽居兮越巘(yǎn)崿(è)[3]。

盘白石兮坐素月，琴松风兮寂万壑。

望不见兮心氛氲[4]，萝冥冥兮霰(xiàn)[5]纷纷。

水横洞[6]以下渌，波小声而上闻。

虎啸谷而生风，龙藏溪而吐云。

冥鹤清唳，饥鼯(wú)嚬(pín)呻[7]。

块独处此幽默兮，愀(qiǎo)[8]空山而愁人。

鸡聚族以争食，凤孤飞而无邻。

蝘(yǎn)蜓[9]嘲龙，鱼目混珍。

---

1. 觞：酒杯。这里用作动词，指宴饮。
2. 巾征轩：用布把远行的车子蒙住。
3. 巘崿：山崖。
4. 氛氲：即“纷纭”，烦乱貌。
5. 霰：雪珠。
6. 横洞：同澒洞，水势汹涌之貌。
7. 嚬呻：痛苦呻吟。
8. 愀：忧愁貌。
9. 蝘蜓：即壁虎。

嫫母[1]衣锦，西施负薪。

若使巢由[2]桎梏于轩冕[3]兮，亦奚异于夔(kuí)龙[4]蹩(bié)躠(xiè)[5]于风尘。

哭何苦而救楚，[6]笑何夸而却秦。[7]

吾诚不能学二子沽名矫节[8]以耀世兮，固将弃天地而遗身。

白鸥兮飞来，长与君兮相亲。

---

1. 嫫母：古代丑女，传说是黄帝的妃子。
2. 巢由：指巢父与许由两位上古隐士。
3. 轩冕：古代官吏乘的车和戴的帽子，这里代指出仕。
4. 夔龙：传说中一种一足的异兽。
5. 蹩躠：跛行貌，这里指行动不便的样子。
6. 哭何苦而救楚：楚大夫申包胥为解救被吴国围困的国都前往秦国求援，在秦国朝廷哭了七天而感动秦国出兵。
7. 笑何夸而却秦：鲁仲连以辩才驳斥魏国说客“帝秦”之说而使秦军退兵五十里，以解赵国之围。
8. 沽名矫节：沽取美名，故意作态显示自己的节操。

对雪献从兄虞城宰

昨夜梁园[1]里，弟寒兄不知。

庭前看玉树[2]，肠断忆连枝[3]。

1. 梁园：西汉梁孝王的东苑，司马相如曾居住于此，这里泛指文人居住的宅第园囿。
2. 玉树：白雪覆盖的树。
3. 连枝：喻指兄弟。

越中[1]览古

唐代较早的怀古诗，还接近咏史诗的写法，以描绘古代为主，写当下景物比较写意。

越王勾（gōu）践[2]破吴归，义士还家尽锦衣。

宫女如花满春殿，只今惟有鹧鸪飞。

1. 越中：指会稽，今浙江绍兴，春秋时期越国首都。
2. 勾践：春秋时期越国君王，曾被吴王夫差打败，后卧薪尝胆，壮大国力，终于灭吴复仇。

越女词五首 其一

这样的景象，谢灵运也写过。李白的感受是，我到了偶像到过的地方，见到了偶像见过的景象。

长干[1]吴儿女，眉目艳星月。

屐[2]上足如霜，不著鸦头袜[3]。

---

1. 长干：即长干里，见《长干行》注。
2. 屐：木屐，古代吴越地区的人多穿木屐。
3. 鸦头袜：一种拇指和四趾分开的布袜。

对酒忆贺监[1]二首 其一

到了贺老的家乡，又想起了阴阳两隔的忘年交。

四明有狂客，风流贺季真。

长安一相见，呼我谪仙人。

昔好杯中物[2]，今为松下尘。

金龟换酒[3]处，却忆泪沾巾。

1. 贺监：即贺知章，字季真，曾任秘书监，故称“贺监”，晚年自号“四明狂客”。

2. 杯中物：指酒。

3. 金龟换酒：指贺知章在长安与李白一见倾心，用所带的金龟换酒，与他尽醉。这里的金龟应当只是所佩杂玩，不是当时的官员配饰。

闻王昌龄左迁[1]龙标[2]遥有此寄

杨花落尽子规啼，闻道龙标过五溪[3]。

我寄愁心与明月，随风直到夜郎[4]西。

1. 左迁：贬官。
2. 龙标：唐代县名，在今湖南怀化。
3. 五溪：指武陵的雄溪、满溪、潕溪、酉溪、辰溪，龙标属五溪之地。
4. 夜郎：唐代县名，在今湖南芷江。

寄东鲁[1]二稚子

在外游历的时候，想起家中的小儿女。

吴地桑叶绿，吴蚕已三眠[2]。
我家寄东鲁，谁种龟阴田[3]。
春事[4]已不及，江行复茫然。
南风吹归心，飞堕酒楼前。
楼东一株桃，枝叶拂青烟。
此树我所种，别来向三年。
桃今与楼齐，我行尚未旋。
娇女字平阳，折花倚桃边。
折花不见我，泪下如流泉。
小儿名伯禽，与姊亦齐肩。
双行桃树下，抚背复谁怜。

---

1. 东鲁：指兖州任城（今山东济宁），李白曾经寓居于此。
2. 三眠：指春蚕将老。蚕在吐丝作茧前会经过四次蜕皮，蜕皮时不食不动，俗称眠。
3. 龟阴田：龟山以北的土地。龟山，在今山东新泰。
4. 春事：春天的农事。

念此失次第[1]，肝肠日忧煎。

裂素[2]写远意，因之汶阳川。

1. 失次第：指失去了常态。
2. 裂素：撕开白色的绢布以绘画作文。

金陵三首　其三

六代[1]兴亡国，三杯为尔歌。

苑方[2]秦地少，山似洛阳多。

古殿吴花草，深宫晋绮罗。

并随人事灭，东逝与沧波。

---

1. 六代：指吴、东晋、宋、齐、梁、陈六个建都金陵的朝代。
2. 方：比。

登金陵凤凰台

模拟崔颢《黄鹤楼》的章法。

凤凰台[1]上凤凰游，凤去台空江自流。
吴宫[2]花草埋幽径，晋代衣冠[3]成古丘[4]。
三山[5]半落青天外，二水[6]中分白鹭洲。
总为浮云能蔽日，长安不见使人愁。

---

1. 凤凰台：相传南朝刘宋元嘉年间有三只五色大鸟翔集山上，时人以为是凤凰，于是在山上筑台，名之为“凤凰台”。
2. 吴宫：指三国时期吴国建都金陵时所建的宫殿。
3. 衣冠：代指世家大族。
4. 古丘：古坟。
5. 三山：山名，在金陵城西南的长江岸边，三峰并列，故名。
6. 二水：指被白鹭洲分开的两支江水。

金陵城西楼月下吟

在偶像谢朓生活过的地方，怀念起了谢朓。眼前的景物，就是他写过的名句，真的是“澄江静如练”啊。
此诗不是律诗，而是一首歌行，前半部分押仄声韵，后半部分押平声韵，这是盛唐的一种时髦写法。

金陵夜寂凉风发，独上高楼望吴越。
白云映水摇空城，白露垂珠滴秋月。
月下沉吟久不归，古来相接[1]眼中稀。
解道澄江静如练，令人长忆谢玄晖[2]。

1. 相接：精神相通。
2. 谢玄晖：即谢朓，他的《晚登三山还望京邑》诗中有“余霞散成绮，澄江静如练”之语。

战城南[1]

正是杜甫写《兵车行》的时间。其实李白也在为唐王朝的命运而担忧。

去年战，桑干[2]源。

今年战，葱河[3]道。

洗兵[4]条支[5]海上波，放马天山雪中草。

万里长征战，三军尽衰老。

匈奴以杀戮为耕作，古来惟见白骨黄沙田。

秦家筑城避胡处，[6]汉家还有烽火燃。

烽火燃不息，征战无已时。

野战格斗死，败马号鸣向天悲。

乌鸢啄人肠，衔飞上挂枯树枝。

---

1. 战城南：乐府旧题。
2. 桑干：永定河上游的一条河流。
3. 葱河：即葱岭河，发源于帕米尔高原，是塔里木河支流之一。
4. 洗兵：洗涤兵器，以示不再用。
5. 条支：汉代西域国名，在今伊拉克底格里斯河口。
6. 秦家筑城避胡处：指秦朝修建长城防御匈奴入侵。

士卒涂草莽[1]，将军空尔[2]为。

乃知兵者是凶器，圣人不得已而用之。

1. 涂草莽：指士兵战死后血涂草莽。
2. 尔：如此。

望庐山瀑布二首　其一

与你熟悉的那首《望庐山瀑布》同时创作的，还有这样一首诗。庐山也是谢灵运到过的地方，同时还是道教圣地。

西登香炉峰，南见瀑布水。
挂流三百丈，喷壑数十里。
欻（xū）[1]如飞电来，隐若白虹起。
初惊河汉落，半洒云天里。
仰观势转雄，壮哉造化功[2]。
海风吹不断，江月照还空。
空中乱潨（cōng）[3]射，左右洗青壁。
飞珠散轻霞，流沫沸穹石。
而我乐名山，对之心益闲。
无论漱琼液[4]，还得洗尘颜。
且谐宿所好，永愿辞人间。

1. 欻：迅疾貌。
2. 造化功：大自然的功效。
3. 潨：水流汇合在一起。
4. 琼液：仙人的饮品，这里指清洁的泉水。

望庐山瀑布二首　其二

写庐山很有仙气，因为这里是道教圣地。

日照香炉[1]生紫烟[2]，遥看瀑布挂前川。
飞流直下三千尺，疑是银河落九天。

1. 香炉：香炉峰。
2. 紫烟：云雾在阳光照耀下呈紫色。

戏赠杜甫

对好友杜甫的调侃。杜甫比李白小十多岁，近乎其弟子。李白创作鼎盛时，杜甫尚未大成。
杜甫赠李白的诗较多，措辞较认真；李白赠杜甫的诗较少，语多调侃。这与二人的年龄、地位有关，是符合社交礼仪的，并非李白才短情浅。

饭颗山[1]头逢杜甫，顶戴笠子日卓午[2]。

借问别来太瘦生[3]，总为从前作诗苦。

---

1. 饭颗山：相传是唐代长安附近的一座山。
2. 卓午：正午。
3. 太瘦生：即太瘦，生是语助词。

望天门山[1]

天门中断楚江[2]开，碧水东流至此回[3]。

两岸青山相对出，孤帆一片日边来。

---

1. 天门山：山名，在今安徽当涂西南。
2. 楚江：诗人此时所处的当涂古时属楚地，因此称流经这里的长江为“楚江”。
3. 至此回：因特殊地势，东流的江水在这一带短暂地向北流去。

横江词六首 其一

学古乐府措辞，写眼前之景。夸张而不失感受真实。

人道横江[1]好，侬道横江恶。

一风三日吹倒山，白浪高于瓦官阁[2]。

1. 横江：即横江浦，在今安徽和县东南。
2. 瓦官阁：即瓦官寺，故址在今江苏南京。

夜泊牛渚怀古

李白也想像袁宏一样，能得到一位知己的欣赏，凭借自己的士人风度得到重用。这是他的最高理想，也是六朝常见的事，但在盛唐显得有些难了。此诗学齐梁格式，讲究声律而又有所变化，声韵凄婉。

牛渚[1]西江夜，青天无片云。

登舟望秋月，空忆谢将军[2]。

余亦能高咏，斯人[3]不可闻。

明朝挂帆席，枫叶落纷纷。

---

1. 牛渚：在今安徽马鞍山市采石镇一带。东晋谢尚镇守牛渚时曾经秋夜泛舟江上，听到袁宏在船上吟诵其《咏史诗》，大为叹赏，于是邀请他过舟讨论，直到天亮，从此袁宏声誉日隆。李白所怀之古即指此事。
2. 谢将军：即谢尚。
3. 斯人：也指谢尚。

把酒问月

古今问题，是“谪仙人”经常思考的。

青天有月来几时，我今停杯一问之。
人攀明月不可得，月行却与人相随。
皎如飞镜临丹阙[1]，绿烟[2]灭尽清辉发。
但见宵从海上来，宁知晓向云间没。
白兔捣药[3]秋复春，嫦娥孤栖与谁邻。
今人不见古时月，今月曾经照古人。
古人今人若流水，共看明月皆如此。
唯愿当歌对酒时，月光长照金樽里。

---

1. 丹阙：红色的宫门。
2. 绿烟：指暮霭，傍晚的云雾。
3. 白兔捣药：传说月中有白兔捣仙药。乐府古辞《董逃行》：“教敕凡吏受言，采取神药若木端。玉兔长跪捣药虾蟆丸，奉上陛下一玉柈，服此药可得神仙。”

秋登宣城[1]谢朓北楼[2]

在谢朓做过官的地方，怀念谢朓。

江城[3]如画里，山晚望晴空。
两水[4]夹明镜，双桥[5]落彩虹。
人烟寒橘柚，秋色老梧桐。
谁念北楼上，临风怀谢公[6]。

---

1. 宣城：在今安徽宣城。
2. 谢朓北楼：一名谢朓楼，南齐谢朓任职宣城太守时所建，在宣城东南。
3. 江城：指宣城。
4. 两水：指宛溪、句溪，两条溪流在宣城东北合流。
5. 双桥：指宛溪上的凤凰桥和济川桥，建于隋朝开皇年间。
6. 谢公：指谢朓。

题宛溪馆[1]

要想隐居的话，在小谢（谢朓）故地也很好，不必跑到大谢（谢灵运）故地。

吾怜宛溪好，百尺照心明。

何谢[2]新安水[3]，千寻[4]见底清。

白沙留月色，绿竹助秋声。

却笑严湍[5]上，于今独擅名[6]。

---

1. 馆：客舍。
2. 何谢：何让，即“不比……差”。
3. 新安水：即新安江，在浙江的上游，水极清澈。
4. 寻：古代长度单位，一寻为八尺。
5. 严湍：即严陵濑，又名七里滩，东汉隐者严陵在此垂钓，故名。
6. 擅名：指严陵享受隐居不任的名声。

登敬亭[1]北二小山余时送客逢崔侍御并登此地

此时仍然想着长安。

送客谢亭[2]北，逢君纵酒还。
屈盘[3]戏白马，大笑上青山。
回鞭指长安，西日落秦关[4]。
帝乡[5]三千里，杳在碧云间。

1. 敬亭：山名，在今安徽宣城北。
2. 谢亭：即谢公亭，相传为谢朓送别范云处，故址在今安徽宣城北。
3. 屈盘：指山路曲折盘旋。
4. 秦关：指秦地关塞。此时诗人身处安徽，故西眺长安。
5. 帝乡：这里指京城长安。

观胡人吹笛

胡人吹的不是胡曲，而是长安的曲子，李白无意中记录了有趣的现象。长安也成了李白的一处乡愁。

胡人吹玉笛，一半是秦声[1]。
十月吴山晓，梅花[2]落敬亭。
愁闻《出塞》[3]曲，泪满逐臣[4]缨。
却望长安道，空怀恋主情。

---

1. 秦声：秦地的音乐。
2. 梅花：指笛曲《梅花落》。
3. 《出塞》：古乐府曲名。
4. 逐臣：被朝廷放逐的官吏。这里是诗人自称，指自己遭赐金放还的身份。

寄崔侍御[1]

你能看出这是一首七律吗？李白写得太飘逸，好多人都把这首诗当成歌行了。

宛溪霜夜听猿愁，去国长为不系舟。
独怜一雁飞南海，却羡双溪解北流。
高人屡解陈蕃榻(fán)[2]，过客[3]难登谢朓楼。
此处别离同落叶，朝朝分散敬亭秋。

---

1. 崔侍御：即崔成甫，李白友人，天宝三载摄监察御史。
2. 陈蕃榻：东汉陈蕃任豫章太守时不接待宾客，只有以德行著称的徐稚来时才会为其特地设置一张床榻，徐稚走了以后就将床榻挂起。
3. 过客：指崔成甫。

独坐敬亭山

与敬亭山相对的，是谢朓楼。
看不厌的不是山，而是偶像谢朓冥冥之中留下的一丝气息。
山那边飞走的，是鸟和云；李白这边离去的，大概是不耐烦的亲友吧。
毕竟，在一般人眼里，一座山有什么好看的呢?

众鸟高飞尽，孤云独去闲。

相看两不厌，只有敬亭山。

宣州谢朓楼饯别校书[1]叔云

弃我去者昨日之日不可留，乱我心者今日之日多烦忧。
长风万里送秋雁，对此可以酣高楼[2]。
蓬莱[3]文章建安[4]骨，中间小谢[5]又清发[6]。
俱怀逸兴[7]壮思飞，欲上青天览[8]明月。
抽刀断水水更流，举杯销愁愁更愁。
人生在世不称意，明朝散发[9]弄扁舟[10]。

1. 校书：校书郎，古代掌管校理典籍的官员。
2. 酣高楼：在高楼上酣醉。
3. 蓬莱：指藏书的秘阁。《后汉书·窦章传》：“是时学者称东观为老氏臧室，道家蓬莱山。”
4. 建安：东汉献帝年号。当时曹操父子和王粲等七子写作诗文，风格刚健清新，影响很大，后世誉之为“建安风骨”。
5. 小谢：指谢朓。大谢即谢灵运。
6. 清发：指清新焕发的诗文风格。
7. 逸兴：超逸豪迈的意兴。
8. 览：通“揽”，摘取。
9. 散发：披散头发，不戴冠，不簪发，指弃官隐居。
10. 弄扁舟：范蠡辅佐越王勾践灭吴后，辞别越王，“乘轻舟以浮于五湖”，不知所终。

哭晁卿衡[1]

日本晁卿辞帝都[2]，征帆一片绕蓬壶[3]。

明月不归沉碧海，白云愁色满苍梧[4]。

---

1. 晁卿衡：即晁衡，日本遣唐使，原名阿倍仲麻吕。天宝十二载冬晁衡乘船归国，海上遇大风，他幸免于难，漂到安南。当时误传晁衡已溺亡，所以李白赋诗怀念。
2. 帝都：指长安。
3. 蓬壶：即蓬莱，海中三神山之一。
4. 苍梧：山名。据《水经注》记载，东海郡朐山县（今江苏东海）东北海中有大洲，名郁州或郁山。相传此山自苍梧飞来，所以也叫苍梧。

秋浦[1]歌十七首 其五

《秋浦歌十七首》是李白在秋浦游历时，仿照乐府民歌风格创作的一组五绝。此时李白用笔已到老境。
猿在古代传说中有神异色彩，往往是游仙诗中的意象。

秋浦多白猿，超腾[2]若飞雪。
牵引条[3]上儿[4]，饮弄水中月。

1. 秋浦：故址在今安徽池州。
2. 超腾：跳跃。
3. 条：树枝。
4. 儿：指幼猿。

秋浦歌十七首 其十四

李白这样的人，看见打铁的，会想到嵇康。

炉火照天地，红星乱紫烟。[1]
nǎn
赧郎[2]明月夜，歌曲动寒川。

1. “炉火”句：唐代秋浦是铜、银产地，这句写的是冶炼的场景。
2. 赧郎：指被炉火映照得脸红的矿工。赧，本指因羞惭而脸红，此处指矿工的脸被炉火映红。

秋浦歌十七首 其十五

夸张有很多种，这里是模仿乐府民歌质朴奇崛的想象。

白发三千丈，缘[1]愁似个[2]长。
不知明镜里，何处得秋霜[3]。

1. 缘：因为。
2. 个：这样，这般。
3. 秋霜：指白发。

过汪氏别业[1]二首 其二

汪氏即汪伦。此诗写得很认真。

畴昔[2]未识君，知君好贤才。
随山起馆宇，凿石营池台。
星火[3]五月中，景风[4]从南来。
数枝石榴发，一丈荷花开。
恨不当此时，相过醉金罍。
我行值木落，月苦清猿哀。
永夜达五更，吴歈（yú）[5]送琼杯。
酒酣欲起舞，四座歌相催。
日出远海明，轩车且徘徊。
更游龙潭去，枕石拂莓苔。

1. 别业：别墅。
2. 畴昔：从前。
3. 星火：二十八宿中的心宿。火指大火星。
4. 景风：南风，夏至后的和暖之风。
5. 吴歈：泛指吴歌。

赠汪伦

把两个人的名字写进去，相当于加了防伪标志，别人抢不走了。

李白乘舟将欲行，忽闻岸上踏歌[1]声。
桃花潭[2]水深千尺，不及汪伦送我情。

1. 踏歌：这里指边走边歌唱。
2. 桃花潭：在今安徽泾县西南。

与谢良辅游泾川[1]陵岩寺[2]

对着小谢山水想大谢山水。同游者也姓谢，这也是对同游者的恭维。

乘君素舸(gě)[3]泛泾西，宛似云门[4]对若溪[5]。

且从康乐[6]寻山水，何必东游入会稽。

1. 泾川：即泾溪，在今安徽泾县西南。
2. 陵岩寺：即凌岩寺，在泾县西水西山上。
3. 素舸：不加装饰的船。
4. 云门：云门寺，在今浙江绍兴市南云门山。
5. 若溪：若耶溪，在绍兴南。
6. 康乐：即谢灵运，因其袭封康乐公，故名。他喜好游览山水，“所至辄为诗咏”（《宋书·谢灵运传》）。

自代内赠

奇特的题目。古人非常看重夫妻之间的寄赠。
这位是宗氏夫人，李白对她也很满意，可惜她不是才女，不会作诗，李白只好亲自捉刀了。

宝刀截流水，无有断绝时。
妾意逐君行，缠绵亦如之。
别来门前草，秋巷春转碧。
扫尽更还生，萋萋[1]满行迹。
鸣凤始相得，雄惊雌各飞。
游云落何山，一往不见归。
估客[2]发大楼，知君在秋浦。
梁苑[3]空锦衾，阳台梦行雨。
妾家三作相，失势去西秦。[4]
犹有旧歌管，凄清闻四邻。

1. 萋萋：草木茂盛貌。
2. 估客：行商。
3. 梁苑：即梁园，见《对雪献从兄虞城宰》注。
4. “妾家”句：李白的妻子宗氏是宗楚客的孙女，宗楚客曾于武后、中宗朝三度为相，景云元年被诛，故云“失势”。西秦，指长安。

曲度入紫云，啼无眼中人。
妾似井底桃，开花向谁笑。
君如天上月，不肯一回照。
窥镜不自识，别多憔悴深。
安得秦吉了[1]，为人道寸心。

1. 秦吉了：鸟名，形似八哥，能模仿人言，因产于秦地，故名秦吉了。

酬殷明佐[1]见赠五云裘[2]歌

“林壑敛暝色，云霞收夕霏”是谢灵运的诗句，李白拿来写衣服的颜色，很俏皮。

我吟谢朓诗上语，朔风飒飒吹飞雨。

谢朓已没青山[3]空，后来继之有殷公。

粉图珍裘五云色，晔(yè)[4]如晴天散彩虹。

文章[5]彪炳[6]光陆离[7]，应是素娥玉女之所为。

轻如松花落金粉，浓似苔锦含碧滋。

远山积翠横海岛，残霞飞丹映江草。

凝毫采掇花露容，几年功成夺天造。

故人赠我我不违，着令山水含清晖。

顿惊谢康乐，诗兴生我衣。

襟前林壑敛暝色，袖上云霞收夕霏。

---

1. 殷明佐：一作“殷佐明”。
2. 五云裘：五色绚烂如云的珍贵裘衣。
3. 青山：指谢朓曾经筑室居住的山，在安徽当涂东南三十里。
4. 晔：光。
5. 文章：错杂的色彩花纹。
6. 彪炳：这里指五云裘光彩焕发的样子。
7. 陆离：参差。

群仙长叹惊此物，千崖万岭相萦郁。

身骑白鹿行飘飖，手翳紫芝笑披拂。

相如不足夸鹔鹴（sù shuāng），王恭鹤氅（chǎng）安可方。[1]

瑶台雪花数千点，片片吹落春风香。

为君持此凌苍苍[2]，上朝三十六玉皇。

下窥夫子不可及，矫首[3]相思空断肠。

---

1. “相如”句：指司马相如的鹔鹴裘与王恭的鹤氅也无法与殷明佐赠送的五云裘相比。
2. 苍苍：指天空。
3. 矫首：举头。

安史之乱

（五十六至六十三岁）

用他最爱的名山之游，打发了人生的最后时光

赠武十七谔并序

感激门人在安史之乱爆发的大乱中承诺要救出自己的儿子。

门人武谔，深于义者也。质木沉悍，慕要离[1]之风，潜钓川海，不数数[2]于世间事。闻中原作难，西来访余。余爱子伯禽[3]在鲁，许将冒胡兵以致之。酒酣感激，援笔而赠。

马如一匹练，明日过吴门。[4]

乃是要离客，西来欲报恩。

笑开燕匕首，[5]拂拭竟无言。

狄犬[6]吠清洛，天津[7]成塞垣[8]。

爱子隔东鲁，空悲断肠猿[9]。

---

1. 要离：用春秋时期刺客要离为吴公子光刺杀庆忌的典故。
2. 数数：汲汲，心情急切的样子。
3. 伯禽：李白长子。
4. “马如”句：据《韩诗外传》记载，孔子与颜回登鲁东山，颜回望见吴县阊门外一匹练，孔子说是白马，这里化用了这一典故。吴门，古吴县（今江苏苏州）的城门。
5. 笑开燕匕首：这里用荆轲用燕太子丹找到的锋利匕首刺秦王的典故。
6. 狄犬：这里指安禄山。狄，古代称北方少数民族。
7. 天津：指天津桥。
8. 塞垣：泛指边关城墙。
9. 断肠猿：《世说新语·黜免》记载，桓温入蜀行至三峡中时，军中有人抓住了幼猿，它的母亲在岸边哀号，跟了上百里也不离开，最后跳上船就死去，剖开它的腹部发现肠已寸断。

林回弃白璧，[1]千里阻同奔。

君为我致之，轻赍(jī)[2]涉淮源[3]。

精诚合天道，不愧邓攸魂。[4]

---

1. 林回弃白璧：《庄子·山木》记载，林回舍弃价值千金的玉璧而背负孩子趋走，有人问他为何，他回答说选择玉璧是为了利益，选择孩子是上天赋予的人性。

2. 轻赍：轻装。

3. 淮源：淮水的源头，这里指淮水。

4. 不愧邓攸魂：邓攸，晋朝人，曾被石勒俘虏，用牛马背负妻儿逃走，之后被盗贼偷走了牛马，他就担着儿子与侄子徒步逃跑。因为自度不能两全，他为了保护早逝弟弟的唯一后代而舍弃了儿子。他宽慰妻子说以后还能有儿子，但之后他的妻子再也没能怀孕。时人评论说：“天道无知，使邓伯道（邓攸字伯道）无儿。”

送友人入蜀

安史之乱中，很多人逃往蜀中，包括杜甫。
李白自己是蜀人，熟悉蜀道的艰难。同时，他更为唐王朝的命运担忧。

见说蚕丛路[1]，崎岖不易行。
山从人面起，云傍马头生。[2]
芳树笼秦栈[3]，春流绕蜀城[4]。
升沉[5]应已定，不必问君平[6]。

---

1. 蚕丛路：指蜀道。蚕丛，传说中的古代蜀国君王。
2. “山从”句：指人在狭窄栈道上行走时需要紧靠峭壁一侧，因此山崖好像从人的脸旁突兀而起，而云气仿佛从谷底依傍着马头上升翻腾。
3. 秦栈：即栈道，因是秦人入蜀之路，故名。
4. 蜀城：指成都。
5. 升沉：指人生的进退荣辱。
6. 君平：指严君平，见《古风 其十三》注。

蜀道难[1]

蜀道之难，象征了李唐国运的艰难。
此诗声情错综、笔势矫健，有可能是晚年之作。

噫吁嚱[2]，危乎高哉！
蜀道之难，难于上青天！
蚕丛及鱼凫，[3]开国何茫然。
尔来[4]四万八千岁，不与秦塞通人烟。[5]
西当太白[6]有鸟道，可以横绝峨眉[7]巅。
地崩山摧壮士死，[8]然后天梯石栈[9]相钩连。

---

1. 蜀道难：乐府旧题，多写蜀道险峻。
2. 噫吁嚱：惊叹的声音，是蜀地方言。
3. 蚕丛及鱼凫：蚕丛、鱼凫是传说中古代蜀国的两个开国君主。
4. 尔来：从那时（开国）以来。
5. 不与秦塞通人烟：不和秦地（指今陕西一带）互相往来。
6. 太白：山名，在今陕西眉县。
7. 峨眉：山名，在今四川峨眉。
8. 地崩山摧壮士死：传说古蜀国有五丁力士能移山。秦惠王知道蜀王好色，许嫁五女于蜀，蜀国遣五丁力士迎接。经过梓潼时见到一大蛇入穴，五丁力士大呼拽蛇，山崩，压死了五丁力士与五女，山也分为五岭。
9. 天梯石栈：崎岖狭窄的山路和山岩上凿石架木修成的栈道。

上有六龙回日[1]之高标[2]，下有冲波[3]逆折[4]之回川。

黄鹤之飞尚不得过，猿猱(náo)[5]欲度愁攀援。

青泥[6]何盘盘[7]，百步九折萦岩峦。

扪参历井仰胁息，[8]以手抚膺(yīng)[9]坐长叹。

问君西游何时还？畏途巉(chán)岩[10]不可攀。

但见悲鸟号古木，雄飞雌从绕林间。

又闻子规啼夜月，愁空山。

蜀道之难难于上青天，使人听此凋朱颜。

连峰去天不盈尺，枯松倒挂倚绝壁。

飞湍瀑流争喧豗(huī)，砯(pīng)[11]崖转石万壑雷。

其险也如此，嗟尔远道之人胡为乎来哉！

---

1. 六龙回日：指为太阳驾车的六条龙遇到高峻的蜀山也只能返回。
2. 高标：因高耸特立而成为一方标志的蜀山高峰。
3. 冲波：奔腾的波涛。
4. 逆折：水流回旋。
5. 猱：猿猴。
6. 青泥：山岭名，在今甘肃徽县的陕甘边界。
7. 盘盘：道路曲折回旋的样子。
8. 扪参历井仰胁息：指在高峻的蜀道上行走仿佛可以摸到、经过参宿和井宿，一仰头就令人敛气不敢呼吸。
9. 膺：胸。
10. 巉岩：险峻的山岩。
11. 砯：水撞击岩石的声音。

剑阁峥嵘而崔嵬，一夫当关，万夫莫开。

所守或匪亲[1]，化为狼与豺。

朝避猛虎，夕避长蛇。

磨牙吮血，杀人如麻。

锦城[2]虽云乐，不如早还家。

蜀道之难难于上青天，侧身西望长咨嗟[3]。

---

1. 匪亲：不是亲信。
2. 锦城：即锦官城，成都的别称。
3. 咨嗟：叹息。

幽州[1]胡马客歌

写出了边塞逐虏的残酷。虽然还是浪漫主义边塞诗常用的语汇，但此时已经变成了眼前的现实。

幽州胡马客，绿眼虎皮冠。
笑拂两只箭，万人不可干。
弯弓若转月，白雁落云端。
双双掉鞭[2]行，游猎向楼兰。
出门不顾后，报国死何难。
天骄[3]五单于[4]，狼戾[5]好凶残。
牛马散北海[6]，割鲜若虎餐。
虽居燕支[7]山，不道朔雪寒。

---

1. 幽州：在今河北北部、北京及辽宁西南一带。
2. 掉鞭：摇鞭。
3. 天骄：汉时匈奴用以自称，后泛指强盛的边地少数民族或其首领。
4. 五单于：西汉后期，匈奴势弱内乱，分立为五个单于（呼韩邪单于、屠耆单于、呼揭单于、车犁单于、乌藉单于）互相争斗，后为呼韩邪单于所并。这里泛指匈奴各部首领。
5. 狼戾：贪婪凶暴。
6. 北海：匈奴居住地，即今贝加尔湖。
7. 燕支：山名，在今甘肃山丹东南。

chēng
妇女马上笑，颜如赪[1]玉盘。

翻入射鸟兽，花月醉雕鞍。

máo　　　　　　　　cuán
旄头[2]四光芒，争战若蜂攒[3]。

白刃洒赤血，流沙为之丹。

名将古谁是，疲兵良可叹。

何时天狼[4]灭，父子得安闲。

---

1. 赪：红色。
2. 旄头：星名，这颗星在古代是胡人的象征。
3. 攒：聚集。
4. 天狼：原为星名，这里比喻残暴的侵略者。

古有所思[1]

是什么让李白觉得前途如此艰难?

我思仙人乃在碧海[2]之东隅。
海寒多天风，白波连山倒蓬壶。
长鲸喷涌不可涉，抚心茫茫泪如珠。
西来青鸟东飞去，愿寄一书谢麻姑。

1. 古有所思：即《有所思》，乐府旧题。
2. 碧海：《海内十洲记》记载，东海东边是扶桑，扶桑陆上再直行一万里又有碧海，水作碧色，广袤无垠，水不咸苦，甘香味美。

公无渡河[1]

这个乐府旧题讲的是一个不听劝的倔老头的故事。倔老头不顾家人劝告，坚持渡河，结果淹死了。

黄河西来决昆仑[2]，咆哮万里触龙门[3]。
波滔天，尧咨嗟，大禹理百川，儿啼不窥家。
杀湍堙洪水，[4]九州始蚕麻。
其害乃去，茫然风沙。
被发之叟狂而痴，清晨径流[5]欲奚为。
旁人不惜妻止之，公无渡河苦渡之。
虎可搏，河难冯[6]，公果溺死流海湄。
有长鲸白齿若雪山，公乎公乎挂罥(juàn)[7]于其间，箜篌(kōng hóu)[8]所悲竟不还。

---

1. 公无渡河：乐府旧题。
2. 昆仑：山名，古代相传黄河发源于昆仑。
3. 龙门：山名，在今山西河津、陕西韩城之间。
4. 杀湍堙洪水：减少急流，堵塞洪水。
5. 径流：指渡河。
6. 冯：通“凭”。
7. 挂罥：悬挂。
8. 箜篌：古代的一种拨弦乐器。

远别离[1]

安史之乱爆发后，唐玄宗禅位于太子。
李白认为，尧舜都是禅让之后被继任者害死的，因而此诗措辞凄惨。

远别离，古有皇英[2]之二女，乃在洞庭之南，潇湘之浦[3]。
海水直下万里深，谁人不言此离苦。
日惨惨兮云冥冥，猩猩啼烟兮鬼啸雨。
我纵言之将何补，皇穹窃恐不照余之忠诚。
雷凭凭[4]兮欲吼怒，尧舜当之亦禅禹。
君失臣兮龙为鱼，权归臣兮鼠变虎。
或言尧幽囚[5]，舜野死[6]。
九疑[7]联绵皆相似，重瞳孤坟竟何是。

---

1. 远别离：乐府旧题。
2. 皇英：即娥皇、女英，她们是尧的女儿、舜的妃子。舜南巡死于苍梧，她们往寻时舜已被埋葬，于是二人抱竹痛哭，泪尽而死。
3. 浦：水滨。
4. 凭凭：这里指雷声大而密。
5. 尧幽囚：据说《竹书纪年》中记载："昔尧德衰，为舜所囚。"
6. 舜野死：指舜征有苗，死于苍梧之野。
7. 九疑：山名，也作"九嶷"，埋葬舜的地方。

帝子泣兮绿云间，随风波兮去无还。

恸哭兮远望，见苍梧之深山。

苍梧山崩湘水绝，竹上之泪乃可灭。

古朗月行[1]

开头天真的幻想，很像汉乐府。
后面对月亮的担心，就是对唐王朝的担心。

小时不识月，呼作白玉盘。
又疑瑶台镜，飞在青云端。
仙人垂两足，[2]桂树何团团[3]。
白兔捣药成，问言与谁餐。
蟾蜍蚀圆影，大明[4]夜已残。
羿昔落九乌，[5]天人清且安。
阴精[6]此沦惑[7]，去去不足观。
忧来其如何，凄怆摧心肝。

---

1. 古朗月行：乐府旧题有《朗月行》。
2. 仙人垂两足：古代传说中月亮上居住着仙人，月初升时先看见仙人的两只脚，渐渐升起才能看见仙人的全貌以及月亮上的桂树。
3. 团团：簇聚的样子。
4. 大明：指月亮。
5. 羿昔落九乌：指后羿射落九个太阳的故事。
6. 阴精：指月亮。古人认为月是“阴精之宗”。
7. 沦惑：沦没、丧亡，指被蟾蜍吃掉。

别内赴征三首 其二

这是应永王李璘之征，李白对他充满了信心。

出门妻子强牵衣，问我西行几日归。
归时傥[1]佩黄金印，莫见苏秦不下机。[2]

1. 傥：通“倘”。
2. “归时”句：《战国策》记载，苏秦游说秦王不成功后回家，到家以后妻子不下织布机，嫂子不给他做饭，父母不和他说话，这里化用了这一典故。机，织布机。

永王东巡歌十一首 其二

将安史之乱比作永嘉之乱，把自己比作后来保卫了东晋王朝的谢安。
可惜，李白的设想落空了。

三川[1]北虏[2]乱如麻，四海南奔似永嘉[3]。
但用东山谢安石[4]，为君谈笑静胡沙[5]。

---

1. 三川：秦代郡名，在今河南荥阳、洛阳一带，因有黄河、洛水、伊水三条河流而得名。
2. 北虏：指安禄山叛军。
3. 永嘉：晋怀帝年号。永嘉五年，前汉刘曜攻陷洛阳，中原贵族门第大规模南迁避乱，这就是“永嘉之乱”。
4. 谢安石：即谢安，见《秋夜独坐怀故山》注。
5. 胡沙：胡尘，指叛军。

树中草[1]

鸟衔野田草，误入枯桑里。
客土[2]植危根[3]，逢春犹不死。
草木虽无情，因依尚可生。
如何同枝叶，各自有枯荣。

---

1. 树中草：乐府旧题。
2. 客土：异地的土壤。
3. 危根：扎入地面不深而容易被拔出的根。

独漉篇[1]

后半段的四言，铿锵有力。

独漉水中泥，水浊不见月。
不见月尚可，水深行人没。
越鸟从南来，胡雁亦北渡。
我欲弯弓向天射，惜其中道失归路。
落叶别树，飘零随风。
客无所托，悲与此同。
罗帷舒卷[2]，似有人开。
明月直入，无心可猜。
雄剑挂壁，时时龙鸣。

---

1. 独漉篇：乐府旧题。独漉，一说为地名，在今河北涿州；一说是“罜麗”（小网）的同音词。
2. 舒卷：帐子开合飘动的样子。

不断犀象[1]，绣涩苔生。

国耻未雪，何由成名。

神鹰梦泽，不顾鸱鸢。

为君一击，鹏抟九天。[2]

---

1. 断犀象：形容宝剑很锋利。

2. “神鹰梦泽”两句：据《幽明录》记载，有人向喜欢狩猎的楚文王献上一只特别的鹰，在云梦泽游猎时，这只鹰斗败了大鹏的雏鸟。

双燕离[1]

双燕复双燕，双飞令人羡。

玉楼珠阁不独栖，金窗绣户长相见。

柏梁失火[2]去，因入吴王宫。

吴宫又焚荡，雏尽巢亦空。[3]

憔悴一身在，孀雌[4]忆故雄。

双飞难再得，伤我寸心中。

---

1. 双燕离：乐府旧题。
2. 柏梁失火：汉武帝元鼎二年建造柏梁台，太初元年遭火灾而毁。
3. “吴宫”句：春申君受封吴地，在当地建造吴宫，装饰华美。他死了以后照顾宫殿的官吏失职使其被焚毁。
4. 孀雌：指失去配偶的雌燕。

与史郎中钦听黄鹤楼上吹笛

流放夜郎途中所作。

一为迁客[1]去长沙[2]，西望长安不见家。

黄鹤楼中吹玉笛，江城五月落梅花[3]。

---

1. 迁客：被贬谪的人。
2. 去长沙：用贾谊被贬为长沙王太傅的典故。去，前往。
3. 落梅花：即笛曲《梅花落》。

早发白帝城

遇赦得还所作。

朝辞白帝彩云间[1]，千里江陵一日还。
两岸猿声啼不尽，轻舟已过万重山。

1. 彩云间：形容白帝城之高峻，仿佛耸入云间。

陪侍郎叔[1]游洞庭醉后三首　其三

此时的醉，是绝望的醉。

chǎn
刬却[2]君山好，平铺湘水流。
巴陵无限酒，醉杀洞庭秋。[3]

---

1. 侍郎叔：指刑部侍郎李晔。
2. 刬却：铲平。
3. “巴陵”句：想把洞庭湖水都变成巴陵的酒，但是却在秋天的洞庭湖边醉倒了。巴陵，唐代县名，今湖南岳阳。

门有车马客行[1]

李白晚年也难免生出这样的人生感慨。

门有车马宾，金鞍曜朱轮[2]。
谓从丹霄落，乃是故乡亲。
呼儿扫中堂，坐客论悲辛。
对酒两不饮，停觞泪盈巾。
叹我万里游，飘飖三十春。
空谈霸王略[3]，紫绶[4]不挂身。
雄剑藏玉匣，阴符[5]生素尘。
廓落无所合，流离湘水滨。
借问宗党间，多为泉下人。
生苦百战役，死托万鬼邻。
北风扬胡沙，埋翳周与秦。

---

1. 门有车马客行：乐府旧题。
2. 曜朱轮：照耀着显贵的车乘。朱轮，指显贵乘坐的车。
3. 霸王略：治国安邦的谋略。霸，一作“帝”。
4. 紫绶：紫色的印绶。汉代的丞相、太尉将军才用紫绶。
5. 阴符：泛指兵书。

大运[1]且如此，苍穹宁匪仁。

恻怆竟何道？存亡任大钧[2]。

1. 大运：命运。
2. 大钧：“钧”原为做套盘的转轮，这里指造化自然。

庐山谣寄卢侍御虚舟[1]

描写庐山风景的几句，句句押韵，声情紧凑，学习汉代歌谣的语体。

我本楚狂人，凤歌笑孔丘。[2]
手持绿玉杖，朝别黄鹤楼。
五岳寻仙不辞远，一生好入名山游。
庐山秀出[3]南斗傍。
屏风九叠[4]云锦[5]张。
影落明湖青黛光。
金阙[6]前开二峰[7]长。
银河[8]倒挂三石梁。
香炉瀑布遥相望，回崖沓嶂[9]凌苍苍。

---

1. 卢侍御虚舟：卢虚舟，字幼真，范阳人，肃宗时期曾任殿中侍御史。
2. “我本”句：用楚狂人接舆嘲笑孔子的典故。
3. 秀出：突出。
4. 屏风九叠：指庐山九叠屏，这个地方峰峦起伏，如屏风九叠，故名。
5. 云锦：指彩云。
6. 金阙：指庐山金阙岩，一名石门。
7. 二峰：指石门两座形似双阙的山峰。
8. 银河：指瀑布，即九叠屏附近的三叠泉，它三折而下，仿佛银河挂在石梁上。
9. 回崖沓嶂：曲折的山崖，重叠的山峰。

翠影红霞映朝日，鸟飞不到吴天[1]长。

登高壮观天地间，大江茫茫去不还。

黄云万里动风色，白波九道[2]流雪山。

好为庐山谣，兴因庐山发。

闲窥石镜清我心，谢公[3]行处苍苔没。

早服还丹[4]无世情[5]，琴心三叠[6]道初成。

遥见仙人彩云里，手把芙蓉朝玉京[7]。

先期汗漫九垓上，[8]愿接卢敖[9]游太清。

---

1. 吴天：春秋时期庐山一带属于吴国，三国时期为吴地。
2. 九道：传说长江分流到浔阳共九道。
3. 谢公：指谢灵运。
4. 还丹：道教传说中的一种仙丹，服用一刀圭即能白日飞升。
5. 无世情：摒弃人世情感。
6. 琴心三叠：道教修炼术语，指一种心平气和的境界。
7. 玉京：道教传说中元始天尊居住的仙境。
8. 先期汗漫九垓上：《淮南子》中记载，卢敖漫游北海时遇到一士，想和他结交为友，但那个士人笑着回答，他已经和汗漫约好了游玩九垓之外，不能在这里久留。
9. 卢敖：战国时期齐国的方士，这里用以借指卢侍御。

下寻阳[1]城泛彭蠡(lǐ)[2]寄黄判官

仍然保留着六朝士人对山水的浓厚兴趣。

浪动灌婴井[3]，寻阳江上风。
开帆入天镜[4]，直向彭湖东。
落景[5]转疏雨，晴云散远空。
名山发佳兴，清赏亦何穷。
石镜[6]挂遥月，香炉灭彩虹。
相思俱对此，举目与君同。

1. 寻阳：即浔阳，唐代江州治所，今江西九江。
2. 彭蠡：彭蠡湖，与下文“彭湖”同，即今鄱阳湖。
3. 灌婴井：在今江西九江。
4. 天镜：比喻清澈如镜的湖水。
5. 落景：夕阳。
6. 石镜：如镜的山石。

宣城见杜鹃花

再次来到宣城，很快葬身于此。

蜀国曾闻子规鸟，宣城还见杜鹃花。
一叫一回肠一断，三春三月忆三巴[1]。

1. 三巴：见《长干行》注。

九月十日即事

昨日登高[1]罢，今朝更举觞。
菊花何太苦，遭此两重阳。[2]

1. 登高：古人有重阳节登高饮菊花酒的习俗。
2. “菊花”句：古代有重阳节后一日宴饮的习俗，称作“小重阳”。这里指菊花两度遭遇宴饮、采撷，所以有“太苦”的形容。

哭宣城善酿纪叟

感人至深的悼友之作，也反映了李白自知不久于人世的低沉情绪。

纪叟黄泉里，还应酿老春[1]。

夜台[2]无李白，沽酒与何人。

1. 老春：酒名，唐代常用“春”命名酒。
2. 夜台：指阴间。

临路歌

李白因病去世，临终写下了这首诗，写出了他一生的不甘。

大鹏飞兮振八裔，中天[1]摧[2]兮力不济。

mèi
余风激兮万世，游扶桑兮挂左袂。[3]

后人得之传此，仲尼亡[4]兮谁为出涕？

---

1. 中天：半空。
2. 摧：摧折，伤损。
3. 游扶桑兮挂左袂：游览扶桑时左袖太长挂在树上，比喻自己的理想不得实现。左，一作“石”。
4. 仲尼亡：用孔子泣麟的典故。

张一南

北京大学文学博士，

现为北京大学中文系助理教授、研究员，

从事中国古代文学研究及教学。

李白集

作者 _ [唐] 李白　编校 _ 张一南

产品经理 _ 来佳音　装帧设计 _ 郑力珲　产品总监 _ 曹俊然
执行印制 _ 刘淼　策划人 _ 于桐

果麦
www.guomai.cn

以 微 小 的 力 量 推 动 文 明

图书在版编目（CIP）数据

李白集 /（唐）李白著；张一南编校. — 济南：山东文艺出版社，2021.1
ISBN 978-7-5329-5800-9

Ⅰ. ①李… Ⅱ. ①李… ②张… Ⅲ. ①唐诗—诗集 Ⅳ. ① I222.742

中国版本图书馆 CIP 数据核字（2020）第 199819 号

李白集
LI BAI JI
〔唐〕李白 著　张一南 编校

责任编辑 李　燕　**特约编辑** 来佳音

主管单位 山东出版传媒股份有限公司
出版发行 山东文艺出版社
社　　址 山东省济南市英雄山路 189 号
邮　　编 250002
网　　址 www.sdwypress.com

读者服务 0531-82098776（总编室）
0531-82098775（市场营销部）
电子邮箱 sdwy@sdpress.com.cn

印　　刷 北京盛通印刷股份有限公司
开　　本 787mm×1092mm　1/32
印　　张 6.75
字　　数 130 千字
版　　次 2021 年 1 月第 1 版
印　　次 2023 年 10 月第 5 次印刷
书　　号 ISBN 978-7-5329-5800-9
定　　价 36.00 元